刻

栄次郎江戸暦14

小杉健治

時代小説

二見時代小説文庫

目次

空蟬《うつせみ》の刻《とき》——栄次郎江戸暦14

第一章　背後の女

一

深川《ふかがわ》小名木川《おなぎがわ》沿いにある十万石渋江《しぶえ》藩筒井《つつい》能登守《のとのかみ》忠久《ただひさ》の下屋敷から三味線《しゃみせん》や笛、太鼓の音が聞こえてくる。

屋敷内にある能舞台で、能装束とはまったく毛色の違う目に鮮やかな真っ赤な衣装の市川咲之丞《いちかわさきのじょう》が踊っている。

演目は『京鹿子娘道成寺《きょうかのこむすめどうじょうじ》』。背後に並ぶ地方《じかた》のうち、立唄《たてうた》は杵屋吉右衛門《きねやきちえもん》、立三味線は杵屋吉栄《きちえい》こと矢内栄次郎《やないえいじろう》。そして、脇《わき》三味線に笛と太鼓。

栄次郎は御家人《ごけにん》の次男坊だが、杵屋吉栄という名取《なとり》名を師の吉右衛門からもらっている。師の吉右衛門が会に出るとき、栄次郎も地方として出演することが多い。

恋の分里武士《わけざとぶし》も道具を伏編笠《ふせあみがさ》で
張と意気地の吉原……

引き抜きで赤から浅葱《あさぎ》色の衣装に変わり、唄も『毬唄《まりうた》』に変わり、咲之丞は両手で交互に毬をつく仕種《しぐさ》で舞う。

栄次郎は撥《ばち》で糸を弾きながら、正面座敷の真ん中に座っている筒井能登守の表情に奇異を感じていた。

能登守の横に奥方が並び、さらに下がって家老をはじめとする藩の重役や奥方付きの腰元衆が並んでいた。廊下や庭にも毛氈《もうせん》が敷かれ、今回の参勤交代で出府してきた藩士たちも着座していた。

五年前に先代が亡くなって家督《かとく》を継いだとき、筒井能登守はまだ二十一歳と若かった。江戸で生れて二十一歳まで住んだ。その後は国 表《くにおもて》と江戸と隔年ごとに行き来をするようになったが、江戸にやって来ると、必ず下屋敷に役者を招くようになった。

吉右衛門も一昨年に招かれたそうで、そのときの立三味線は兄弟子《でし》の吉次郎《きちじろう》が担《にな》った。今回、所用のために時間をとることの出来ない吉次郎に代わり、栄次郎が出演することになった。

最初は能登守は笑顔で踊りを観ていたのだが、だんだん細面《ほそおもて》の顎の尖《とが》った顔が苦しげな表情に変わっていっている。色白の顔が青ざめていた。何かおかしい。そう思ったとき、栄次郎は三味線の間《ま》が半拍ずれた。

江戸の吉原《よしわら》から京の島原《しまばら》、撞木町《しゅもくちょう》、難波四筋《なんばよすじ》、最後は長門《ながと》の下関《しものせき》、長崎《ながさき》の丸山《まるやま》と名の知れた色里を唄い継ぐ吉右衛門の声は栄次郎の伴奏の狂いに影響されることはなかったが、ちらっとこっちを横目で睨んだことでも、栄次郎の過ちに気づいていた。

だが、それがやめるなと告げているのだと察した。吉右衛門の唄は続き、栄次郎も撥を引く手を休めない。三味線にひきずられるように、笛や太鼓の音が止《や》むことはなく、市川咲之丞も踊り続けた。

家来が筒井能登守に駆け寄り、やがて、医者が駆けつけていた。まわりにいた奥方や腰元が立ち上がっていた。

やがて、廊下や庭にいた家来たちも異変に気づき、立ち上がった。騒然となり、もはや舞踊や演奏どころではなかった。

だが、吉右衛門は唄い、咲之丞は踊り続けた。舞台に注意を向けている者は誰もいない。

能登守が家来に抱えられるようにして引き下がった。そして、演じ終えたときには、観衆はほとんどいなかった。

御留守居役《おるすいやく》の川村伊右衛門《かわむらいえもん》が舞台に上がって来た。

「殿が急にご気分が悪くなり、退座なさった。申し訳ござらんが、きょうの催しはこれにて中止としたい」

伊右衛門の声は震えを帯びていた。

このあと、長唄を二曲、さらに咲之丞の踊りが予定されていた。

「残念でございますが、仕方ありません。で、お殿様のご様子は？」

吉右衛門がきいた。

脇で咲之丞も不安そうに見ている。

「大事はありません。長旅の疲れが出たものと思われます」

表情は不安そうだ。

栄次郎には確かめたいことがあったが、口にすることが憚《はばか》られ、堪《こら》えた。

「では、我らはこれにて退散することにいたしましょう」

「また、改めてお願いすることになろうほどに」

伊右衛門は恐縮したように膝に手を置いて言う。

「では、お殿様によろしくお伝えください」

咲之丞も伊右衛門に声をかけて立ち上がった。

ふつか後、栄次郎は鳥越神社《とりごえじんじゃ》の裏手にある杵屋吉右衛門の稽古場にいつもより早めに行った。

青空が広がっているが、栄次郎は屋敷から持って来た唐傘《からかさ》を手にしている。借りた傘で、この機会に返しにいこうとしたのだ。

栄次郎の細面のすらりとした体つきに気品を漂わせるものがあるのは、生まれのせいだ。それだけでなく、男の色気に近い、芝居の役者のような柔らかい雰囲気もある。それは三味線弾きとして自然に身についたものかもしれない。

まだ、他の弟子は来ていなかった。稽古場の部屋から物音もしなかった。

隣りの部屋で待っていると、師匠の声がかかったので、栄次郎は立ち上がり、稽古場に行った。

師匠の吉右衛門はもともとは横山町《よこやまちょう》の薬種《やくしゅ》問屋の長男で、十八歳で大師匠に弟子入りをするという遅い出発にも拘《かか》わらず、二十四歳のときにはすでに大師匠の代稽古を勤めたという。それだけの才人であった。

弟子も武士から商家の旦那、職人などたくさんいる。今では栄次郎も古いほうの弟子に数えられた。

「師匠、一昨日はありがとうございました」

栄次郎は会に出させてもらった礼を言う。

「思わぬことで中断してしまい、残念でした」

「はい。驚きました。その後、筒井さまはだいじょうぶだったのでしょうか」

「きのう。お屋敷からお使いの方が見えました。たいしたことではないが、大事をとってしばらく養生《ようじょう》なさるそうです」

「病状はなんだったのでしょうか」

「やはり、長旅の疲れということでした」

「そうでしたか」

栄次郎は師匠にも確かめたいと思ったが、あまりにも重大なことであり、迂闊《うかつ》には口に出来ないと思った。

それに、もし、師匠も気づいていたら口にするだろう。それがないのは、師匠は気づいていなかったということだ。

「なんでも来月には、ご老中さまから茶の湯にお招きをいただいているそうで、そのためにご用心をしたということです」

　老中の招きの席で倒れるという無様《ぶざま》な真似は出来ないということだ。だが、そのことより、栄次郎はやはりあのことが気になっていた。

　なぜ、能登守の具合が悪くなったのか。

「改めて市村咲之丞さんにも来ていただき、舞踊の会を開きたいとのご要望を承《うけたまわ》った。そのときまた吉栄さんにも弾いていただきます」

　師匠の声に我に返り、

「わかりました」

　と、栄次郎は応じた。

「それから、これは先方よりの志だ」

　そう言い、吉右衛門は懐紙に包んだ小判を差し出した。

「いただいてよろしいのですか」

　栄次郎は半信半疑できいた。

「もちろんです。中途で終わったのも先方の事情です。川村さまは、その点をお含みくださりました。ただし、事情が事情であり、御祝儀のほうは許されよとのこと」

「では、ありがたく」

栄次郎は素直に受け取った。三両である。栄次郎はふと兄の栄之進《えいのしん》の顔を思い出した。

兄の栄之進は御徒目付《おかちめつけ》をしている。御徒目付は、若年寄《わかどしより》の耳目《じもく》となって旗本以下の侍を観察する御目付に属している。

御家人の次男坊である栄次郎が三味線弾きを目指したのは、ある場所で師匠の吉右衛門を見かけたことがきっかけだった。男の色気を醸し出す吉右衛門に見とれ、長唄《ながうた》と三味線を習えば自分もあのように色気のある男になれるかもしれない。そう思うと、迷わず弟子入りを志願したのだ。

だから、師を選んだのは、吉右衛門の唄や三味線の音が気に入ったからではない。あくまでも外見からだけだった。

だが、吉右衛門の唄と三味線は天下一品だった。艶《つや》のある声に、流れるような撥捌き。たちまち芸にも惚れ込んだ。

今では師匠といっしょに舞台に上がることが出来るようになった。

「師匠、ちょっとお伺いしてもよろしいでしょうか」

栄次郎は声を改めた。

気になることは迂闊《うかつ》に口に出せないが、もうひとつのことは芸のことであり、ぜひきいておきたいと思った。

「殿様が倒れられても、師匠は唄をやめられませんでした。師匠の唄が続くので私もやめるわけにはいかず、引き続けました」

あのときのことを思い出しながら、栄次郎はきく。

「それが？」

師匠は不思議そうにきく。

「あのような場合でも、芸を続けるものなのでしょうか」

「続けるという言い方は当たっていません。最後まで演じるのは当然です」

意味を解しかねていると、さらに師匠は続けた。

「唄っているときはそこに専心しています。最後まで語り終える、弾き終える、踊り終える。それが芸人の務めでありましょう」

「何があってもですか」

栄次郎は腑《ふ》に落ちずにきき返す。

「偏《かたよ》った言い方が許されるなら、唄っている私の前には何もないのです。そこで、何かが起きても私はそれを見ていないのです」

「しかし、お客様の声援や拍手は芸の助けになるのではありませんか。つまり、お客あっての芸であれば、当然客席が見えます」

栄次郎は反論する。

「そうです。そういう意味ではお客様の息づかいは演者に力を与えてくれるでしょう。しかし、逆の場合はいかがですか」

「逆と言いますと？」

「お客さまがまったく聞き入ってくれない。退屈している、あるいは居眠りをしている。そういう場合は力を抜きますか」

「いえ、抜きません。でも、気落ちしていい芸が出来なくなるかもしれません」

当惑しながら答える。

「そんな中でも熱心に聞いてくれるひともいましょう。全員が居眠りをしているように見えても、たったひとりのためにはいい芸を見せる必要はありましょう」

師匠は諭《さと》すように言う。

「しかし、あのときはみなが立ち上がり、騒然といたしました。それでも、師匠は唄い続けました」

「どこかで熱心に見てくださっているひとがいるかもしれません。つまり、どんな状況にあれ、芸に力を抜くことは許されないのです」

師匠はさらに厳しい顔になって、

「舞台は、お侍さまで言えば戦場です。芸人も舞台で命をかけての真剣勝負をしています。よほどのことがない限り、最後まで演じる。それが芸だと思っています」

「もし、殿様に背後から斬りつけようとした賊を見つけた場合でも、そのことを無視して演じ続けるのですか」

栄次郎がそういうたとえを出したのは、あのことが気にかかっていたからだ。

「気づいたら当然、芸を中断し、叫ぶべきでしょう。しかし、真剣に芸に打ち込んでいるときには、そういうことは目に入りません」

「目に入らない？」

「そこに気づくのは、まだ芸が未熟だということです。あるいは魂が芸に入り込んでいないということです。他に気が散るようでは本物ではありません」

栄次郎ははっと気づかされた。

「恐れ入りました。私は殿様のことに気が行っていました。様子がおかしいことに不審を持っていました。確かに芸のほうは疎《おろそ》かになっていたかもしれません」

「あのとき、吉栄さんは半拍、おそくなりました。でも、すぐそのあと、手直しをされた。それはそれで見事でした」

「いえ、師匠のお叱りの視線をいただいたので」

栄次郎は小さくなって答える。

もし、あのとき睨みつけられていなければ、あとは三味線の音は乱れていただろう。

そのとき、格子戸の開く音がした。別の弟子がやって来たのだ。これから、続々やって来る。

「では、お浚《さら》いをいたしましょうか」

師匠は三味線を抱えた。


稽古を終え、栄次郎は師匠の家を出た。

栄次郎は早くから筒井能登守の異変に気づいたが、それには理由があった。能登守の顔を見て、よく似た男を思い出したのだ。

その男は直参《じきさん》のようだったが、よく似ていた。そんなことから気になって能登守に注意を向けていたのだが、栄次郎はあの光景が脳裏にこびりついている。

三味線の前弾きがはじまり、立唄の吉右衛門師匠の唄がはじまり、やがて市川咲之丞が登場し、みなの視線が舞台に集まった。

そのあとで、女中ふうの女がつかつかと能登守の背後に近付き、能登守の脇にある膳の盃に何かを入れたような気がしたのだ。

能登守は舞台を見つめながら片手で盃を摑み、口に運んだ。能登守の様子がおかしくなったのはそのあとだ。

まさか、その女が毒を盛ったとは信じられないが、栄次郎には気になる光景だった。その女の振る舞いに居並ぶ奥方や家来たちはまったく気づいていないようだった。見えるのは舞台にいる演者たちだ。しかし、師匠はまったく気づいていない。おそらく、市川咲之丞も見ていないだろう。

栄次郎は自分の考えすぎだと思ったが、時間の経過とともに、やはり、女が能登守の盃に何かを放り込んだような気がしてならなかった。

だが、このことは不用意に他人に言えるものではなかった。

いつもなら浅草黒船町《くろふねちょう》のお秋《あき》の家に行くところだった。が、栄次郎は蔵前《くらまえ》から浅草御門を抜けて、両国橋《りょうごくばし》に向かった。

そもそも、能登守を気にしたのは、能登守によく似た男のことが頭にあったからだ。他人の空似だと思うが、それにしてはよく似ている。ともかく、その侍に会ってみたいと思った。

両国橋を渡り、栄次郎は竪川《たてかわ》、小名木川、仙台堀《せんだいぼり》を越えた。

その侍を見かけたのは十日前で、栄次郎が深川永代寺《えいたいじ》裏にある遊女屋『一《いち》よし』の帰りだった。

『一よし』は栄次郎が十代の頃から顔を出している安女郎屋で、そこのおしまという女は歳はいっていて、おまけに器量もよくないが、気立てはよく、いっしょにいると心が休まる。

今でも、ときたまおしまに会いに行くのだが、そのときも『一よし』の帰りだった。

『一よし』をおしまに見送られて引き上げようと土間を出たとき、雨がぽつりと頬に当たった。

「降りそうよ」

夜空は厚い雲で覆われていた。

「持っていって」

おしまが傘を差し出すのを、だいじょうぶだと断わって歩きはじめたが、ほどなく雨が降りだした。まだ、小降りだった。

一の鳥居を過ぎ、八幡橋《はちまんばし》に差しかかったとき、芸者と若い侍がひとつの唐傘にふたりで入って堀沿いを歩いて来る。

河岸《かし》の柳にそぼ降る雨。傘の下の男は面長《おもなが》で鼻筋が通り、少し憂いがった顔だちの二十六、七歳の男。女は二十四、五歳か。凛《りん》とし、きりりとした顔だちの芸者だ。芝居の道行《みちゆき》のような美しい光景に思え、栄次郎は雨に打たれながら見とれた。やがて、ふたりが近付いて来て立ち止まった。

栄次郎はそのときになって、無遠慮に見つめていたことに気づき、

「失礼しました。おふたりの姿が芝居を見ているようで、つい見とれてしまいました。まことに失礼しました」

と、あわてて謝った。

「そんなしゃれたもんじゃないさ」

「いえ、美しく見えました。では、失礼します」

「待て」

侍が引き止めた。

「どこまで帰る?」

「本郷《ほんごう》です」

「本郷か。ちと、遠いな」

そう言い、侍は女に何か言う。

女は頷き、傘を持って近付いて来た。

「どうぞ」

女が傘を差し出した。

「いえ、とんでもない。あなた方が？」

「いい、持っていけ。これで決心がついた。今夜はこの女のところに泊まって行く」

「しかし」

相手は直参《じきさん》だ。無断外泊は許されない。もし、知られたらお咎《とが》めを蒙《こうむ》るであろう。

そのことを言おうとすると、

「俺の心配はいい。さあ、持っていけ」

「どうぞ」

女も栄次郎の手に押しつけるように傘を寄越《よこ》した。

「よし、巳代治《みよじ》の家に戻ろう」

そう言い、ふたりは引き返していった。

その後ろ姿に会釈をし、栄次郎は傘を持って帰途についたのだった。

栄次郎は八幡橋までやって来て、近くにある酒屋で、芸者の巳代治の住まいをきいた。

巳代治は仲町《なかちょう》の名の知れた芸者で、家はすぐにわかった。『秀《ひで》の家《や》』という芸者屋だという。

『秀の家』の前にやって来て、門を入り、格子戸を開ける。

「お頼みします」

薄暗い奥に向かって呼びかける。すぐに、若い女が出て来た。仕込みっ子であろう。

「巳代治姐《ねえ》さんはいらっしゃいますか。私は矢内栄次郎と申します」

「矢内さま」

若い女が答えたと同時に、

「あら」

という声がして、浴衣《ゆかた》姿の巳代治が顔を出した。

「いつぞやのお侍さま」

「はい。雨の日に傘をお借りしました」

そう言い、栄次郎は傘を差し出した。

「まあ、わざわざ、届けてくださったのですか。よろしかったのですよ」

「おかげで助かりました」

「どうぞ、お上がりください」

「いいえ。あのとき、ごいっしょのお侍さまはいらっしゃいますか」

「いいえ、あれからお出でではないのです」

巳代治は美しい眉根を寄せた。

「あれから……」

やはり、外泊したことでお咎めを蒙ったのかもしれない。そうだとしたら、自分の責任でもあると、栄次郎は胸が痛んだ。

「お屋敷はどちらでしょう。会いに行ってみます」

「ほんとうですか」

巳代治は表情を輝かせた。

「ええ、巳代治さんが心配なさっていることもお伝えしますよ」

「お願いします。水島忠四郎《みずしまちゅうしろう》さまです。お屋敷は確か、駿河台《するがだい》です。太田姫稲荷《おおたひめいなり》の近くだと仰っておいででした」

「明日にでも、訪ねてみます」

「よかった。ずっと心配していたんです」

巳代治は胸に手を当て素直に喜びを表した。水島忠四郎に惚れていることがよくわかった。

「では、失礼します」

「待って。あのお方、部屋住でしょう。だから、ときどき自棄《やけ》になったりして、かえって自分を苦しめているんです。先日、あなたさまと別れたあと、とても上機嫌でした。きっと、お訪ねになれば喜びます」

改めて挨拶をして、栄次郎は『秀の家』を出た。

八幡橋を渡ったところでつけて来るのが数人になっていたのに気づいた。『秀の家』を出たときから目付きの鋭い遊び人ふうの男がつけてきたのには気づいていたが、今は五人になっていた。

栄次郎は足を止めて振り返った。

男たちは近付いてきた。みな殺気立った顔をしている。

「私に何か用か」

栄次郎は声をかけた。

「この前の礼をさせてもらおうと思いましてね」

兄貴分らしい年嵩《としかさ》の男が懐《ふところ》に手を入れながら一歩前に出た。三十前後で、やせて、目の吊り上がった顔をしている。

「何のことかわからぬが」

「とぼけてもだめですぜ。おい」

後ろから若い男を呼び出した。ふたりだ。ひとりは布で肩から右腕を吊っており、もうひとりは足を引きずっていた。

「このふたりが世話になった」

男は無気味な声で言う。

「どうやら人違いをしているようだな」

栄次郎は苦笑して言う。

「人違い？」

男の顔付きが変わった。

「やい。この男はてめえに腕をへし折られたんだ。その礼をさせてもらうぜ。おれは、八幡鐘《はちまんがね》の銀次《ぎんじ》だ」

銀次は匕首《あいくち》を抜いた。他の者も倣《なら》った。

「兄貴」

右腕を吊っていた男が声をかけた。

「なんだ？」

匕首の扱いに馴れているようで、指先でくるくるまわしながら銀次がきく。

「違うんだ。この侍じゃねえ」

「なんだと」

銀次が顔をしかめた。

「『秀の家』から出て来たのでてっきりそうかと思ったけど、よく見るとあんときの侍じゃねえ」

「間違いねえのか」

「間違いありません」

「ちっ」

銀次は吐き捨て、匕首を仕舞った。

「お侍さん。そういうわけだ。気にしないでくんな」

踵《きびす》を返そうとしたので、

「待て」

と、栄次郎は呼び止めた。

「さんざん、脅しておいて人違いはない。いったい、誰だと思ったのだ？」

「水島忠四郎だ」

右腕を吊っていた男が答える。

「水島忠四郎……」

「そうだ、あの侍が俺たちを投げ飛ばした。おかげで、この怪我だ。仕返しをしなきゃ、勘弁出来ねえ」

右腕を吊っていた男が呻《うめ》くように言う。

「ひょっとして、お侍さんは水島忠四郎の知り合いじゃねえのか。だったら、よく伝えておくんだ。深川に現れたら、ただじゃすまないとな」

銀次が吐き捨てて、仲間を引き連れて引き上げて行った。

栄次郎は苦い顔でならず者を見送った。

二

その夜、栄次郎は本郷にある屋敷に帰り、すぐに兄の部屋に行ったが、兄はまだ戻っていなかった。

兄は御徒目付としていくつかの手柄《てがら》を立て、上役の信任が厚く、兄もその仕事にやりがいをもっているようだった。

兄が帰って来たのは五つ（午後八時）過ぎで、栄次郎は兄が自分の部屋に入って落ち着いた頃を見計らって、

「兄上、よろしいでしょうか」

と、襖越しに声をかけた。

「かまわん」

兄の声が返って、栄次郎は襖を開けた。

兄は障子を開け、風を受けていた。部屋の真ん中にやって来た兄は少し酒臭かった。

「上役の自宅に呼ばれてな」

兄は言い訳のように言う。

「おぎんどののところではなかったのですね」

おぎんは『一よし』の遊女だ。兄は妻女を流行《はや》り病《やまい》で亡くし、それから塞《ふさ》ぎ込んで、生気のない日々を送っていた。

母が再婚を勧めても聞く耳を持たなかった。そんな兄を、騙《だま》すような形で『一よし』に連れて行った。兄は騙したことを怒っていたが、その後、兄はひとりで『一よし』に通いだし、おぎんという女と馴染《なじ》んだ。

堅物《かたぶつ》の兄がじつはとてもくだけた人間だという発見と同時に、安女郎屋の世辞にも

器量がいいとは言えない女と楽しくつきあっている姿に感動さえ覚えたものだった。

「しばらく行ってないな」

兄は残念そうに言う。

「で、なんだ？　何か用なのであろう」

「はい。調べてもらいたいお方があるのですが」

「うむ。誰だ？」

「旗本の水島忠四郎さまというお方です。二十六、七歳と思われます。屋敷は駿河台の太田姫稲荷の近くにあるようです。私は明日その屋敷に忠四郎どのを訪ねるつもりですが、兄上のほうでも水島家および忠四郎のことを調べてくださると助かります」

「わかった。調べてみよう」

兄は請け負った。

「そのお礼というわけではありませんが、どうぞこれを」

栄次郎は師匠からもらった三両のうち二両を差し出した。

「栄次郎。こんな真似するではない」

「いえ、失礼かと思いましたが、よぶんな金が入ったのと、また、お願いごとをするかもしれませんので」

「そうか」

兄はすまなそうに手を伸ばした。

「その後、母上からは何か言ってくるか」

母は兄の嫁と栄次郎の養子の口を知り合いに頼んでいる。

「最近はあまり言いません。おそらく、母上が気に入るような話ではないのかもしれません」

「そうか。諦めたわけではないのか」

兄は落胆したように言う。

「でも、兄上。私はさておき、兄上は早く妻を娶《めと》らねばならないのではありませんか」

矢内家を守るということでも、兄には早い妻帯を望む母の気持ちがわかるようになっていた。

「なあに、矢内家を継ぐなら、そなたの子でもよい」

兄はあっさり言う。

「何を仰いますか。私は部屋住のやっかい者。いずれはここを出て行く身です」

「まあ、そなたが出て行くようになったら、考えることにしよう」

「兄上」

自分が妻を持てば、栄次郎がこの家から出て行くようになる。だから、妻を娶ろうとしないのだ。

「すみません」

「何を謝る？　変な野郎だ」

兄はわざと呆れたように言った。

翌朝、栄次郎はいつものように庭に出て素振りをした。

薪小屋《まきごや》の近くの柳の木を相手に、居合《いあい》の稽古をする。栄次郎は田宮流《たみやりゅう》居合術の名手である。三味線弾きとして生きていくと決めても、栄次郎は剣も手放すことは出来なかった。

枝垂《しだ》れ柳に向かい、静かに腰を曲げ、居合腰になる。左手で鯉口《こいぐち》を切り、右手を柄《つか》にかけて、柳の葉が風に揺れた瞬間に右足を踏み込みながら抜刀する。切っ先を葉の寸前で止め、刀を頭上でまわして鞘《さや》に納める。呼吸を整え、再び居合腰から抜刀する。これを何度も繰り返すのだった。

最近、剣の間《ま》と三味線の間《ま》は結局同じものではないかと気づきはじめている。立唄の声と三味線の音。間が悪ければ、立唄はうまく唄えない。剣の立ち合いも結局は間だ。

師匠が舞台では真剣勝負が繰り広げられていると言っていたが、まさにそのとおりかもしれない。

井戸端で汗を拭き、台所に近い部屋で兄とともに朝餉《あさげ》をとる。兄は厳《いか》めしい顔で飯を食っているが、機嫌が悪いわけではない。母の前で威厳を保とうとしているに過ぎない。

じつは、栄次郎はこの母と兄と血の繋がりはない。亡き矢内の父が栄次郎を赤子のときに養子に迎えたのだ。

だが、栄次郎は矢内の父と母を実の親と慕い、兄を実の兄と思っている。

「あとで、ふたりとも仏間に来てください」

朝餉のあと、母が口にした。

「母上。私はもう出かけなければなりませぬので」

兄はすかさず言って逃げた。

「では、栄次郎だけでも仏間に」

そう言って母は立ち上がった。

「栄次郎。すまぬな。俺の話になったら、うまいこと言っておいてくれ」

兄は小声で言った。

「はい」

栄次郎は苦笑するしかなかった。

仏間に行くと、母は仏壇の灯明《とうみょう》を上げて、線香を手向《たむ》けていた。父と兄嫁の位牌が置いてある。

母に代わり、栄次郎は仏前に座って手を合わせた。

振り返ると、母が待っていた。

「母上。なんでしょうか」

すぐに口を開こうとしないので、栄次郎はいぶかった。

「じつは、岩井《いわい》さまからですが」

母は切り出した。

岩井文兵衛《ぶんべえ》は父が一橋《ひとつばし》家で働いていたときの用人《ようにん》であった。その後も何かと世話になり、兄が御徒目付になったのも文兵衛の世話であった。

「ある旗本家の娘さんです」

「待ってください」

栄次郎はあわてて口をはさんだ。

「私はまだそんな気が」

「でも、岩井さまからのお話ですからお聞きなさい」

母はぴしゃりと言い、

「相手は五百石の旗本。娘さんは一度出戻っております」

「えっ？」

「一度嫁に行き、離縁しています」

「はあ」

栄次郎は不審に思った。文兵衛がなぜそのような話を持って来たのか。そもそも、文兵衛は栄次郎の気持ちを知っているはず。それなのに、母に頼まれたからといって、嫁の世話をするとは……。

あっと気づいた。

「母上はどう思いますか。岩井さまが離縁された女子を世話をするというのは、それほど素晴らしい女子なのでしょうね。ひょっとして、子どもがいるかもしれませんね。それでも、ふさわしいと思ったから……」

「栄次郎」

母が遮った。

「せっかくの岩井さまのお話ですから栄次郎に話しましたが、母は気が進みません。反対です」

「でも、岩井さまの世話ならきっと申し分ないお方なのではないでしょうか」

「岩井さまがすべて正しいとは限りません。それとも、あなたはこのお話をお受けになると言うのではありますまいね」

母は珍しくきっとなった。

「いいえ、私は母上の反対を押し切ってまで受けるつもりはありません」

「私が反対するしないの問題ではありません。あなたの気持ちです」

「はい。私はお断りいたします」

「そうですか」

母はほっとしたように、

「では、岩井さまにはあなたが気乗りしなかったと返事をします。よろしいですね」

「はい。お願いします」

栄次郎も内心で北叟笑《ほくそえ》んだ。

母は岩井文兵衛に栄次郎の嫁の世話を頼んでいた。文兵衛も母に頼まれたからには何もしないというわけにはいかない。

だが、栄次郎は当分嫁をもらうつもりはないという自分の気持ちを文兵衛に打ち明けてある。

これはわざと文兵衛が図ってくれたことだとわかった。

「では、私も出かけますので」

何か言いたそうだった母を残して、栄次郎は仏間を出た。


本郷通りに入り、湯島聖堂《ゆしませいどう》の前を過ぎ、昌平橋《しょうへいばし》を渡って駿河台に向かった。

淡路坂《あわじざか》を上がり、栄次郎は太田姫稲荷を目指した。

水島忠四郎は旗本水島家の部屋住だ。深川芸者の巳代治といい仲になり、気楽に暮らしているように見える。

だが、端正な顔だちの中に翳《かげ》のようなものが窺えた。心の中には鬱々《うつうつ》としたものがあるのではないか。そんな気がしないでもない。

傘を借りた夜、忠四郎は屋敷に戻らなかったのだろう。翌日、さぞかし親や兄に叱られたのではないかと想像される。そのことがわかっていながら、あの男は女のところに泊まったのに違いない。

太田姫神社付近のある辻番所で、旗本水島家の場所をきいた。外に立っていた番人は知らなかったが、番所の中にいた男が教えてくれた。太田姫神社のそばではなく、幽霊坂《ゆうれいざか》のほうだった。

栄次郎はそこを目指した。大きな屋敷から比較的中級の武家屋敷の前を過ぎ、やがて長屋門の屋敷の前にやって来た。

五百石ぐらいの格式だ。栄次郎は門番所に行き、門番の侍に、忠四郎への取り次ぎを頼んだ。

「矢内栄次郎さまですね」

門番が確かめた。

「はい。あっ、深川で傘を借りた者だとお伝えください」

栄次郎は名前では通じないと思い、つけくわえた。

しばらく待っていると、憂鬱そうな顔で忠四郎がやって来た。

「おう、あんたか」

急ににこやかな表情になって言う。

「外に出よう」

忠四郎は門番に声をかけて、外に出た。

「出かけてだいじょうぶなのですか」

「もちろんだ。なぜ、そんなことをきく」

「きのう、巳代治さんを訪ねました。そしたら、あなたがあれから顔を出さないので心配していました。あの夜、外泊したことが問題になったのかと」

「いや、そうではない」

またも暗い顔になった。

「何かあったのですか」

「うむ？　なぜだ？」

「なんだか浮かない顔に思えます」

栄次郎は素直に言う。

「そうか」

忠四郎はどんどん歩いて行く。

「どこに行くのですか」

「ゆっくり話の出来る場所だ」

大名屋敷の前を素通りし、やがて三河町《みかわちょう》三丁目に入った。

「まだ、昼前ですし、どこも開いていないでしょう」

「心配するな」

小商いの店の並ぶ中に、まだ暖簾《のれん》の出ていない蕎麦屋《そばや》があった。忠四郎はそこの戸を開けて勝手に中に入った。

「これは、忠四郎さま」

白髪の親父が出て来た。

「すまないが、二階を貸してくれ」

「へい、どうぞ」

「ああ、こっちだ」

板場の横に梯子段《はしごだん》があった。先に忠四郎が上がり、栄次郎が続いた。

二階の小部屋で、あぐらをかいた忠四郎と差し向かいになった。

「さっきの親父は昔うちで奉公していた。だから、無理を聞いてくれる」

「それより、二度目とはいえ、見知らぬ人間をここまで案内していいんですか」

栄次郎は不思議そうにきいた。

「わざわざ俺を訪ねてきたんだ。無下《むげ》に出来まい」

忠四郎は笑ってから、

「いや、そなたにはまた会いたいと思っていたんだ。必ず、訪ねて来ると思っていた」

「えっ？　どうしてそう思ったんですか」

栄次郎は問い返す。

「あのとき傘を貸したのはそのためだ。傘を貸せば必ず返しに来る。それから、女の名をわざと呼んだ。そなたに聞かせるためだ」

「………」

「返しに来るまで少し時間がかかったがな」

「すみません。ちょっと忙しくて」

栄次郎は自分の失態のようにあわてた。

「でも、なぜ、私に？」

「一目見たとき、俺と同じ匂いを感じた」

「同じ匂い？」

「いや。気にしないでいい。それより、そなたはなぜ、俺に会いに来た？」

「辰巳《たつみ》芸者に惚れられ、気ままに暮らしているはずのあなたの表情に翳のようなものがあるのが気になったのです。心の中には鬱々としたものがあるではないかと」

栄次郎は似た男を見たからだとは言わなかった。

「うむ」

忠四郎は唸《うな》った。

梯子段を上がる足音がして、廊下から声がかかった。

「失礼します」

さっきの亭主が顔を出した。

「まだ何も出来ませんが、どうぞ」

酒を持って来てくれたのだ。

「すまない」

忠四郎は言う。

栄次郎も頭を下げた。

「さあ、いこう」

亭主が出て行ってから、忠四郎が銚子をつまみ、ふたつの湯呑みに酒を注ぎ、ひとつを寄越した。

「いただきます」

栄次郎は酒を一口呑んでから、

「そうそう、巳代治さんが心配していました。顔を出してあげてくださいな」

「巳代治か。うむ……」

　忠四郎は唸った。

「どうしたのですか」

「いや」

　顔に屈託《くったく》が広がっている。

「いいひとじゃないですか。あんな女に惚れられて、仕合わせ者ですよ」

「いい女だ。俺にはもったいない」

「そう思うなら、今からでも行ってあげてください」

　うむと、また唸ってから、忠四郎は湯呑みを口に運んだ。

　やはり、忠四郎は心が塞《ふさ》がっているようだ。

「何か困っていることでもおありですか」

「いや」

　忠四郎は否定する。

「そのようには思えませんが」

「そなたは矢内……」

「矢内栄次郎です」

「そう、栄次郎だ。そなたも、部屋住か」

「そうです。忠四郎さんもそうですね」

「そうだ。部屋住だ。中途半端な部屋住だ。どこぞに養子に行くことも出来ぬ。出世とは縁がない」

忠四郎は自嘲ぎみに言う。

「どうしてですか」

「そなたは、養子の口があるのか」

「いえ」

「では、部屋住のままで一生を終えるつもりか」

「私は……」

栄次郎は言いよどんだ。

「なんだ、言いかけてやめるな」

「そうではないのですが、忠四郎さんに何て言われるかと思ったらちょっとためらいました」

「何を聞いても、驚かんよ。なんだ?」

「私は三味線弾きになりたいんです」

「…………」

忠四郎はぽかんとしている。

「ほら、呆れたでしょう」

「呆れるものか。浄瑠璃《じょうるり》か」

「主に長唄ですが」

「そうか。長唄か。巳代治の三味線はよく聞いている。そうか、そなたは三味線弾きを目指しているのか」

「はい」

「武士を捨てるのか」

「いずれは、そうしたいと思っています。ただ、今は母が許してくれません。ですから、しばらくはこのままで」

「そうか、うらやましい。そなたにはやりたいことがあって……」

忠四郎がやりきれないように言う。

「忠四郎さんにもやりたいことがあるのではないですか」

「ない。あっても出来ぬ」

忠四郎は厳しい顔で言う。

「でも、忠四郎さんには巳代治さんがおります」

「俺は巳代治に何もしてやれない」

またも苦しそうな表情で言い、湯呑みの酒を空けた。

「なぜ、悲観するようなことばかり言うのですか」

栄次郎はたしなめるように言う。

「俺は……。いや、よそう」

忠四郎は首を横に振り、

「それより、一度、そなたの三味線を聞いてみたい。ぜひ、聞かせてくれぬか」

「ええ、いつでも」

「どこに行けばよい？」

「浅草黒船町にあるお秋というひとの……」

「よし、これから、そこに行こう」

最後まで聞かないうちに忠四郎が言う。

「えっ、これからですか」

栄次郎はその性急さに呆れた。

「いいではないか。それとも何か、他に用があるのか」

「出来たら、巳代治さんのところに顔を出してあげてくださいな。待ち焦がれています」

「辛いんだ」

急に表情が変わった。

「辛い？」

「巳代治に何もしてやれぬ。何も報いてやれぬ。そのことが苦しいのだ」

「忠四郎さん。あなたは何を悩んでいらっしゃるのですか。あなたを苦しめているのは何なんですか」

栄次郎は問い詰める。

「何も苦しめるものはない。ただ、俺は何もしてはならないのだ。何もしないでただ生きて行く。それだけだ」

忠四郎は憤然と言う。

「そういう運命ということですか」

「…………」

忠四郎は深いため息をついてから、急に立ち上がり、

「巳代治のところに行く」

と、言った。

戸惑いながら、栄次郎も立ち上がり、

「ほんとうに行くのですね」

と、念を押した。

「行く」

忠四郎は思いつめたような目で部屋を出て梯子段を下りた。

外に出て、須田町《すだちょう》で新大橋《しんおおはし》を渡るという忠四郎と別れ、栄次郎は柳原通り《やなぎわらどおり》に出て、柳原の土手に出た。

そのとき、和泉橋《いずみばし》のほうでひとが騒いでいた。岡っ引きの磯平《いそへい》の姿が見える。何かあったのだと思った。

三

栄次郎は和泉橋に近付き、野次馬のひとりに声をかけた。

「何があったのですか」

「へえ。女の死体が浮かんでいたんですよ。ちょっと前に土手に上げられましたが、可哀《かあい》そうに、若い女のようです」

「身投げでしょうか」

痛ましいと思った。

「いえ、匕首で刺されたって、さっき岡っ引きと同心が話していましたぜ」

「殺しですか」

栄次郎は野次馬をかきわけ前に出た。磯平が気づいて近付いて来た。

「これは矢内さま」

磯平は栄次郎が南町奉行所の同心支配掛かりの崎田孫兵衛《さきたまごべえ》という与力《よりき》と親しいことを知っているので、気をつかってくる。栄次郎は三味線の稽古のためにお秋の家の部屋を借りているが、そのお秋の旦那が崎田孫兵衛であった。

「殺しなのですか」

「ええ、心の臓を匕首で刺されています。死んで半日以上経っていると思われます」

磯平が答えてくれるのは崎田孫兵衛とのことだけでなく、栄次郎はこれまでに何度も捕物に手を貸してきたという経緯《いきさつ》があったからでもある。

「では、殺されたのは昨夜の遅い時刻ですか」

亡骸《なきがら》に目をやると、ちょうど同心が莚《むしろ》をめくったところだった。亡骸の顔がこっちを見ていた。額が広く、細い顔の顎の先が尖っている。

おやっと思った。どこかで見たことがある顔だと思った。だが、すぐに思い出せない。

「磯平親分。身元はまだわからないのですね」

「ええ、まだです」

「そうですか」

同心が磯平を呼んだ。

「失礼します」

磯平が同心のほうに去って行く。

栄次郎はその場を離れ、浅草黒船町に急いだ。だが、死体の顔が脳裏から離れない。知っている顔のような気がするが、まったく知らない顔のような気もして、我ながら心細かった。

四半刻（三十分）後にお秋の家の二階に落ち着いたときには死体のことは忘れていた。

「栄次郎さん、いらっしゃい」

お秋が部屋にやって来た。

お秋は以前に矢内家に年季奉公に来ていた女だ。奉公していたときは痩せていて、おとなしく、すぐ顔を赤らめて恥じらう初々《ういうい》しい女だったが、今のお秋はふっくらとして肉感的な感じだ。

「栄次郎さん。ごめんなさい。お客が入っているの」

「えっ、こんなに早い時間からですか」

二階には三部屋あり、梯子段を上がったとば口の部屋を栄次郎が使い、奥の二部屋を逢引き用に空けてある。

この家に入ったところを誰かに見られても、知り合いの家を訪問したという体《てい》を装うことが出来るので、忍び会う男女には都合のいい場所だった。

お秋は崎田孫兵衛の世話を受けているが、世間的にはふたりは腹違いの兄と妹ということになっている。そんな家が逢引きに使われているとは誰も思わない。逢引きの男女は安心してこの家を利用出来る。

客が入っているときは、三味線の音を抑えねばならないので、忍び駒をはめて糸の音を消して稽古をする。

いっとき、三味線の稽古をしたあと、ふとさっきの死体の顔が脳裏を掠《かす》めた。と、同時にあっと声を上げた。

あの顔は……。

筒井能登守の背後に近付き、盃に何かを入れた女に似ていたのだ。

まさかとは思う。舞台から能登守の席までだいぶ離れていた。能登守の背後に現れた女中の顔がはっきり見えるはずはない。いや、その女中が顔を上げたとき、正面から見えた。確かに広い額と細い顔の先の顎は尖っていた。

似ていることは間違いない。だが、同じ女だという証《あかし》はない。ただ、似ているだけのことだ。能登守と忠四郎が似ていたように、赤の他人であろう。

仮に百歩譲って、同じ女だとしても、あの女は能登守の盃に薬を投入したというのは栄次郎の思い過ごしだ。御留守居役の川村伊右衛門は毒のことに何も触れていなかった。もっとも、触れなかったからといって、薬の投入がなかったことにはならない。そのような大事は他人に喋るものではない。

栄次郎は気になってならない。

市村咲之丞の踊りに見入っている能登守の盃に背後から近付き、女が薬らしきものを入れた。その後、盃を口に運んだ能登守が突如、苦しみだした。そして、今度はその女が殺された。

栄次郎の目にはそう映る。だが、女が能登守の盃に何かを入れたのを見ていたのは栄次郎の他には誰もいないようだ。

栄次郎はじっとしていられなかった。三味線を片づけ、刀を持って部屋を出た。

一階に下りて行くと、お秋が不思議そうな顔で出て来た。

「あら、栄次郎さん。お出かけ？」

「ええ、急用を思い出しました。今夜は崎田さまはいらっしゃるでしょうか」

「ええ、今夜は来ることになっていますよ」

「そうですか。また、戻って来ます」

栄次郎はお秋の家を出た。


四半刻（三十分）後に、栄次郎は神田川にかかる和泉橋にやって来た。陽は西に傾き、川面に照り返していた。

すでにホトケは片づけられ、昼前の騒ぎの痕跡はない。

はたして女は筒井家の下屋敷にいた女中と同じ人間かどうか。殺されたのが昨夜の遅い時刻だというから、下屋敷での騒ぎの翌日の夜である。

下屋敷は深川の小名木川沿いだ。下屋敷内で殺されたとしたら、船でここまで運ばれて来たとも考えられるが、船で運ぶならもっと別な発見しづらい場所があろう。たとえば、大川を上り、向島《むこうじま》の先のほうで遺棄《いき》するか、あるいは逆に江戸湾のほうに運ぶか。

なぜ、この場所だったのか。

栄次郎はいつしか殺された女と下屋敷で見た女を同一人物と考えていた。

「矢内さまじゃありませんか」

背後から声をかけられた。

「あっ、磯平親分。ちょうど、よかった」

これから訪ねていこうとしていたことを告げ、

「さっきのホトケの身元はわかりましたか」

と、きいた。

「へえ。わかりました。下谷広小路《したやひろこうじ》にある呉服屋『大津屋《おおつや》』の女中のおとよです」

「『大津屋』の女中？」

「はい。二十四歳だそうです」

筒井能登守の下屋敷にいた女中とは別人なのか。

「殺された理由はわかったのですか」

「主人の話では、最近、男が出来たようで、夜にこっそりお店を抜け出して男に会いに行っているようだったということです」

「男ですか。その男については？」

「いえ、わかりません。誰も、見た者はおりません」

「どうして、男が出来たとわかったのですか」

「主人が日本橋《にほんばし》での寄合の帰り、昌平橋の袂《たもと》で人待ち顔で立っているおとよを見かけたことがあったそうです。それで、一度、おとよに問い質《ただ》したことがあったそうです。そのときは泣いているばかりだったそうです」

「いずれにしろ、おとよは誰かと待ち合わせていたのは間違いないのですね」

「そうです」

「親分は今度の件をどう見ますか」

「へえ。やはり、男と何かあったのかもしれません。匕首を持っているのですから、遊び人でしょう。この周辺の地廻りを調べはじめているところです」

栄次郎は迷いながら念のためにきいた。

「『大津屋』は大名の筒井能登守さまのお屋敷には出入りをしているかわかりませんか」

「筒井さまの？　いえ、聞いていません。そのことが何か」

磯平の目が鈍く光った。

「それより、殺された場所はここでしょうか。別の場所で殺され、ここに運ばれてきたということは？」

「じつは、昨夜の五つ半（午後九時）過ぎ、ここを通った職人が川船が停まっていたと言ってました」

「川船？」

「はい。和泉橋の近く、ちょうどホトケが見つかった場所の辺りです」

「その船がどこのものかわかりますか」

「今、調べていますが、おそらくわからないと思います」

「別の場所で捨てられ、その船でここまで運ばれたのかもしれません」

「ありえましょうか」

「十分にあると思います。やはり、その職人が見た川船は重要だと思います」

「しかし、死体を捨てるなら、どうしてこんな場所に捨てたんですか。もっと死体の発見しづらい場所に遺棄すればよいものをなぜ、ここだったのですか」

磯平は疑問を口にした。

「そうです。なぜ、こんな場所に捨てたか。考えられることはひとつです」

「なぜ、ですかえ」

　磯平は身を乗り出してきく。

「早く亡骸を見つけて供養させてやりたかった。遺棄されたままでは可哀そうだと、下手人が思っていたからではないでしょうか」

「…………」

「つまり、うらみつらみによっての凶行ではないということです。そう考えれば、単なる男との色恋沙汰とは思えないのですが」

「なんと」

　磯平は目を見開き、

「では、色恋絡みではなく、下手人はおとよと親しい人間だと？」

「あくまでも想像です。そのつもりで聞いてください。もし、逢引きしている男が殺したのなら、現場はここです。別れ話のもつれか、金の問題でこじれ、男がかっとなって刺したとも考えられます。でも」

　下屋敷での光景を思い出しながら、栄次郎は語調を強めて、

「もし、船で運ばれて来たのなら下手人はひとりではありません。仲間がいることになります。背後に何か大きなものが隠されていると思われます」

「大きなもの……」

磯平の表情が強張《こわば》ったのも、かつて栄次郎がいくつもの難事件に首を突っ込んで解決に導いてきた手柄を知っているからだろう。

「矢内さまは、そのほうが強いとお考えなのですね」

「はっきりとは言いきれませんが、そのことも頭に入れて探索をするべきかと思います」

「もし、背後の大きなものの存在だとしたら何でしょうか」

磯平は食い下がった。

「わかりません。ただ、『大津屋』で何かあったことも考えられます。これも、まったくの憶測にすぎませんが」

「矢内さまは、さきほど筒井能登守さまのことを仰っておいででしたね。このことと何か関わりが?」

磯平が鋭く口にした。

「今は想像でしかないので、はっきり言えませんが、『大津屋』と筒井能登守さまとの関わりに注意をしておいたほうがいいかもしれません。ただ、これはあくまでも磯平親分の胸に納めておいたほうがいいでしょう。相手は大名家ですので、内密に動かないとあとで面倒なことになりかねません」

下屋敷での出来事はまだ迂闊には言えない。能登守が毒を盛られたかどうかはわからないのだ。

「そうします。うちの旦那にも内密にしておきます」

「何かわかったら教えてください。昼過ぎなら、たいてい浅草黒船町の家にいますので」

磯平と別れ、栄次郎はもう一度、黒船町のお秋の家に戻った。


夜遅くなって、崎田孫兵衛がやって来た。南町奉行所の筆頭与力の地位にありながら、妾を囲っているのだ。

八丁堀の屋敷には妻女がいて、頭が上がらない。

二階で三味線の稽古をしていた栄次郎は、孫兵衛の到着に三味線を片づけ、階下に行った。

「崎田さま、今夜は遅かったのですね」

長火鉢の前に座った孫兵衛に、栄次郎はきいた。

「うむ。事件があってな」

孫兵衛は鷹揚《おうよう》に答える。

「神田川の件ですか。『大津屋』の女中が殺されたそうですね」

「どうして知っているのだ？」

「死体が発見されたとき、たまたま通りかかったのです。でも、どうして、女中が殺された事件が、崎田さまの手を煩わせるのですか。きょうの昼前に死体が見つかったばかりではありませんか」

同心や岡っ引きが探索をはじめたばかりであり、まだ孫兵衛に報告が行くような状況でもないはずだ。

「はい、どうぞ」

お秋が酒を運んできた。

孫兵衛に酌をし、栄次郎にも酒を注いだ。

孫兵衛はうまそうに呑み干してから、

「じつは、奉行所に大津屋がやって来た」

「『大津屋』の主人がですか」

「そうだ。女中が殺された件でお手数をかけるという挨拶だ。殺されたおとよという女中はやくざ者の男とつきあっていたらしい。吉松《よしまつ》という男だそうだ」

「大津屋がわざわざそのことを言いに来たのですか」

「そうだ」

「でも、なぜ、聞き込みに行った同心や磯平親分には言わず、崎田さまに?」

「うむ」

孫兵衛は目を細めた。

「ひょっとして金ですか」

栄次郎はずばりきいた。

「まあ、それはよくあることだ」

何かあったら穏便にすませてもらおうと、大名や旗本、それに大店《おおだな》などでは日頃から奉行所に付け届けをしている。

今回、わざわざ訪ねて来たのは、日頃とは別途の付け届けを持参したのであろう。

「大津屋はなんと?」

「女中が殺されたことで、奉公人にも動揺が広がっている。そこに、奉行所の人間が聞き込みに何度も来られると、仕事にも差し障る。下手人は吉松という男に間違いない。どうか、その線で早く探索を結着させていただきたいと……」

「大津屋はそんな口出しが出来る身分なのですか」

栄次郎は呆れ返って言う。

「奉行所とてことを荒立てるのは本意ではない。下手人《げしゅにん》がわかっているなら、よけいな探索をせずに済ませることは望ましいこと」

「でも、ほんとうに吉松という男が下手人なのですか」

「そうだ。大津屋はおとよから聞いたそうだ」

「聞いた？　何をですか」

「おとよが悩んでいるようなので、どうかしたのかときいたら、吉松と別れたいがなかなか別れてくれないと話していたという」

「ばかな」

「何が、ばかなだ」

孫兵衛は憤然として言う。

「大津屋が嘘をついていると言うのか」

「おとよが嘘をついているかもしれません」

「女中が主人に問われ、いい加減なことを言うはずない」

栄次郎は耳を疑った。

支離滅裂《しりめつれつ》な考えだ。

「崎田さまは大津屋の訴えを全面的に聞き入れたのですか」

「そうだ」

やはり、後ろめたいのか、目を背けて答えた。

「では、おとよ殺しはどうなるので？」

「あとは吉松の行方を追うだけだ」

「つまり、磯平親分らは『大津屋』への聞き込みも、それ以上の探索もいっさい出来なくなったということですね」

「そういうことだ」

「…………」

栄次郎は声を失った。

「そんな話はやめだ。酒がまずくなる」

「いくら大津屋は持って来たんですか。崎田さまの懐にはいくら入ったのですか」

「なんだと」

孫兵衛はたるんだ頬を震わせた。

「きさま、わしを愚弄するつもりか」

「愚弄ではありません。軽蔑です」

「なんだと」

孫兵衛は片膝を立てた。

「やめて」

お秋が割って入った。

「旦那も落ち着いて」

「いや、勘弁ならぬ」

孫兵衛は息巻いた。

「栄次郎さん。今夜は帰って。ねっ」

「すみません。お秋さん」

栄次郎はすっくと立ち上がった。

「失礼します」

孫兵衛に軽く頭を下げ、栄次郎は土間に向かった。お秋が追いかけてきて、

「栄次郎さん。気分直してね」

と、懸命に取り繕《つくろ》おうとした。

「だいじょうぶです。夜風に当たれば、すぐ落ち着きます」

栄次郎はお秋に見送られて外に出た。

新堀川《しんぼりがわ》を越え、御徒町の武家地に差しかかった。夜風に当たれば、すぐ落ち着くとお秋には言ったものの、いっこうに腹の虫が治まらない。

金の力で、奉行所の探索が左右されるなんてあっていいはずがない。おとよが殺された裏には何か隠されている。

そのことは昼間、磯平親分とも話し合ったことだ。

大津屋は吉松のことを、なぜ磯平親分の聞き込みのときには言わなかったのか。直接、奉行所を訪ね、なぜ、吉松のことを訴えたのか。

むしゃくしゃした気持ちのまま、本郷の屋敷に帰るのは憚られた。

湯島天神裏門坂通りの途中を左に折れ、栄次郎は明神下《みょうじんした》に向かった。そこの裏長屋に、新八《しんぱち》が住んでいる。

新八は相模《さがみ》の大金持ちの三男坊と称して杵屋吉右衛門に弟子入りをしたが、じつは豪商の屋敷や大名屋敷、富裕な旗本屋敷を専門に狙う盗人《ぬすつと》だった。が、武家屋敷への盗みに失敗して追手に追われたところを助けてやったことから、栄次郎は新八と親しくなった。

その後、ひょんなことから盗人であることがばれて八丁堀《はっちょうぼり》から追われる身になったのだが、今は兄の手下となって働いている。

長屋木戸を入って行く。夕餉が終わり、どの家も静かだった。新八がいるかどうか心配しながら、腰高障子の前に立った。

戸に手をかける。

「新八さん」

と声をかけると、淡い行灯の明かりの下で、新八は煙草《たばこ》を吸っていた。

「やっ、栄次郎さんじゃありませんか」

煙草盆の灰吹に雁首《がんくび》を叩いて、新八は立ち上がって来た。

「すみません。夜分に」

「あっしは構いませんが。何かあったんですかえ」

「ええ、ちょっとむしゃくしゃして。新八さん。これから、どこかでいっぱいやりませんか」

「ええ。おつきあいしますよ。でも、栄次郎さんにしちゃ珍しいですね」

そう言いながら、新八は着替えて出て来た。

神田明神の裏手のある居酒屋に入った。混んでいて、やっと小上がりの奥に空いている場所を見つけた。

「いったい、何があったんですか」

酒を呑みながら、新八がきいた。

「昼間、和泉橋の下で女の死体が上がったんです」

「そうですってね。あとで知りました」

「女は『大津屋』のおとよという女中です。じつは、その女に見覚えがあったんです」

適度な喧騒で、話し声は他の客に聞こえない。

「一昨日、筒井能登守さまの下屋敷で、市村咲之丞さんが踊られ、吉右衛門師匠といっしょに私も地方で出ました。ところが、踊りの途中で、能登守さまが……」

当日の様子を語って聞かせた。

「能登守さまは長旅の疲れから倒れられたと聞かされましたが、私には女中が盃に何かを入れたように思えたのです」

「そのことに気づいたのは栄次郎さんだけですか」

「ええ。師匠に言わせれば、芸の最中にそのようなことに気づくのは集中していないからだと叱られそうですが」

栄次郎は苦笑してから、

「何を入れたかはわかりません。また、入れたように見えただけだと言われたら、絶対にそうだと言い返す証《あかし》もありません。ただ、私はあの女中が何かを入れたのは間違いないと思っています」

「その女中が、おとよという『大津屋』の女中に似ていたんですね」

新八はきいた。

「そうです。盃への何かの投げ入れ、能登守さまの病気、そして、おとよが殺された。この一連の流れに何かあると疑わざるを得ません」

「ええ、私もそう思いますね」

「ところが、今夜、お秋さんの家にやって来た崎田どのが『大津屋』の主人が奉行所にやって来たと話しました。おとよはつきあっていた吉松という男に殺されたのだというのです。そのことは大津屋がおとよに確かめたそうです」

「大津屋の話がほんとうかどうかわかりませんね」

「ええ。でも。崎田さまは素直に信じてしまっています。あくまでも男女間のいざこざにしてしまおうという腹が見え見えです」

「なぜ、崎田さまは大津屋の言うことを信用してしまうのでしょうか」

新八が疑問を投げかけた。

「付け届けです。大津屋は奉行所にかなりの付け届けをしています。きょうも金を持参したに違いありません。女中が殺され、奉公人が動揺している。この上、町方がやって来ていろいろ聞き込みをされると、奉公人も仕事に差し障る。そういう理由から、おとよ殺しの探索はこれ以上出来なくなったのです」

「そうでしたか」

「おそらく、磯平親分も憤慨し、どこかで自棄酒を呑んでいるに違いありません」

栄次郎はいまいましく孫兵衛の顔を思い出した。

「栄次郎さん。で、どうするんですかえ」

新八が顔を近付けた。

「どうするとは？」

「まさか、このまま引き下がるつもりはないんでしょう」

「新八さん」

栄次郎は気を引き締めた。

「手伝ってくれますか」

「もちろんです。こんな理不尽なこと見過ごしには出来ませんよ。やりましょう。あっしが動きますよ」

「よく言ってくださいました。やっぱり、新八さんに会ってよかった。これで、私の塞いでいた心も晴れました」

栄次郎は気分を直して新しい酒に手をつけた。

その後、これからの手筈を整えたが、まずは新八に動きまわってもらうしかなかった。

「明日の夜、筒井家の下屋敷に忍んでみます。上屋敷に戻ったなら上屋敷にも忍んで、能登守の容体《ようだい》を見てきます」

「お願いします」

必ず隠されたものを暴いてみせると、栄次郎は心が勇み立った。

四

翌日の昼過ぎ、吉右衛門師匠に稽古をつけてもらってから浅草黒船町のお秋の家に行った。

顔を見るなり、お秋は必至に取り繕うように、

「栄次郎さん。昨夜はごめんなさい。旦那も立場があって……」

と、言い訳をはじめた。

「お秋さん。だいじょうぶですよ。なんとも思っていませんから」

「えっ？」

お秋は意外そうな顔をして、

「ほんとうに？」

と、栄次郎の顔色を窺った。

「ええ。お秋さんが言うように、崎田さまにも立場がありますからね。私のように何も縛るものがない人間とは違います。仕方ありません」

「よかった」

お秋は大仰《おおぎょう》に喜んだ。

「ゆうべの栄次郎さんの血相では、もう旦那とは絶縁するんじゃないかって。旦那だって気にしていたのよ」

「そうですか」

そんなはずはないでしょうと言いたかったが、栄次郎はもう孫兵衛を責めるつもりはなかった。

こっちが勝手に調べればいいことなのだ。それに、大津屋がやって来たということは、逆におとよ殺しの裏に何かあると告げているようなものだ。

栄次郎は二階に上がった。

きょうは逢引き客が入っていないようなので、三味線を思い切り弾けそうだった。

だが、お秋がついて来て、まだしつこく昨夜のことを口にした。

「今夜、また旦那が来るというんだけど、わだかまりなくいっしょにお酒を呑んでくださる?」

「もちろんですよ。お秋さんが心配することはありませんよ」

栄次郎は穏やかに答える。

「隠しているようでいやだから言うけど、怒らない?」

お秋がもじもじして言う。

「なんだかわからないのですから怒りようもないけど、怒りませんよ」

「じゃあ、言うわ。私ね。前から、江戸小紋の着物が欲しかったの。それを旦那にねだっていたら、いやな顔をされて」

お秋がおずおずと言いだす。

「それがきのう、着物を作ってくれることになって」

「ひょっとして、『大津屋』で?」

「ええ」

お秋が肩をすくめて小さくなった。

それが付け届けの一部なのだ。おそらく、孫兵衛から要求したのであろう。半ば呆れたが、今となってはどうでもよいことだった。

「よかったじゃないですか」

「えっ？」

「欲しい着物が手に入るなんて喜ばしいことです」

「じゃあ、作っていいのね」

「もちろんです。私がとやかく言う筋合いでもありません。それに、崎田さまのお気持ちですから」

「うれしいわ。栄次郎さんにそう言っていただけるなんて」

お秋は単純にはしゃいだ。

「じゃあ、いつか『大津屋』に顔を出すのですね」

「ええ。明日あたり行ってみようかと思っていたの。仕立ててもらうのに寸法を測るでしょう」

「どんな着物か見てみたいですね。お秋さん、いっしょについて行ってはいけませんか」

「えっ、栄次郎さんが?」

「お秋さんがどんな生地を選んだのか、見てみたいんです」

「うれしいわ。ぜひ、いっしょにね」

お秋を騙すようで気が引けるが、『大津屋』に入るいい機会だった。奉公人の誰かにおとよのことをきいてみたかった。

お秋がよころんで部屋を出て行ってから、栄次郎は三味線を抱えた。

撥を持ち、『京鹿子娘道成寺』を浚ってみる。目を閉じて弾いて行くと、下屋敷での出来事が蘇ってくる。

女中が能登守の背後に近付いた。酒を運んできた様子だが、背後から素早く盃に何かを入れた。女中は素早く立ち去った。

そのとき、あっと思い、撥を持つ手が止まった。今まで気にしていなかったが、柱のほうに座っていた武士が腰を浮かしたのを思い出した。顔はわからない。だが、その武士は女中が立ち去ったのを見ていた。

そうだ。やはり、女中に気づいた者がいたのだ。

栄次郎はもう一度最初から弾きはじめる。女中が現れ、そして去って行く。その後ろ姿を見送る武士を脳裏に浮かべながら、いよいよ曲は毬唄の箇所に入った。

能登守が盃を手にし、口に持って行く。観衆の視線は舞台に注がれている。やがて、能登守の様子がおかしくなった。

隣りの奥方が気づき、大騒ぎになった。栄次郎は最後まで弾き終えた。いつもより、疲労感が大きかった。

新しい発見は、おとよと思われる女中に気づいた者がいたことだ。しかし、見たのは去って行く女中の後ろ姿だけであり、顔はわからなかったかもしれない。それより、能登守の盃に何か入れたのは気づいていなかっただろう。

あのあと、御留守居役の川村伊右衛門が舞台に上がって来て、能登守の急の容体異状を告げたが、あの時点ではまさか毒のせいとはわかっていなかったかもしれない。よしんば、毒とわかっても我々に正直に言うはずはないが、少なくともあの時点ではわかっていなかったに違いない。

だが、医者が診て、毒のことを示唆したとき、あのときの武士はおとよらしき女中が能登守に近付いたことを不審をもって思い出したに違いない。

おとよの死はそのことと関わりがあるのだろうか。そんなことを考えていると、梯子段を上がる足音がして、

「栄次郎さん。お客さまですよ」

と、お秋が廊下から呼びかけた。

「どなたですか」

新八か磯平か、と思った。

「俺だ」

いきなり、障子が開いて水島忠四郎が入って来た。

「勝手に上がって来て」

お秋が不満を言う。

「すまん、早く栄次郎どのに会いたかったのだ。許せ」

忠四郎は頭を下げて謝る。

「わかればいいんです」

お秋は機嫌を直して下がった。

「よく、ここがわかりましたね」

「そなたが教えてくれたではないか」

向かいにあぐらをかいて言う。

「でも、詳しくは話していません」

「浅草黒船町のお秋の家とまでは聞いていたからな。それに、三味線の音を頼りに歩いていたら、この家の前で聞こえた」

「そうですか」

「たいしたもんだ」

いきなり、忠四郎が言う。

「何がですか」

「それだよ」

脇に置いた三味線に目をやる。

「聞いていたのですか」

「ああ、軒下で聞いた。長唄の『京鹿子娘道成寺』だな」

「よく、ご存じで。巳代治さんが弾いていましたか」

「ああ、よく稽古をしていた」

「じゃあ、あなたもやるんじゃないですか」

「いたずらで弾いたことがあるが、俺には才がない。そなたは舞台に立っているのか」

「ええ、杵屋吉右衛門師匠といっしょに出させていただいています」

「打ち込めるものがあってうらやましい」

忠四郎はまたも自嘲ぎみに言う。

「あなただって何かあるんじゃないですか」

「何もない。いちおうはある程度のものはやったが……」

忠四郎は寂しそうに言う。

「ちなみに何を?」

「武術、馬術などの武芸、和歌に茶の湯に謡曲……。くだらん」

「いろいろおやりなのですね」

それらは大名が嗜《たしな》むものばかりだ。やはり、忠四郎は能登守とは……。

「やらされただけだ。自分から進んでやったものは何もない」

忠四郎の心が塞ぎ込んでいるのは、己の境遇のことかもしれない。もし、能登守と関わりがあるなら、こんな市井《しせい》の中にいるのは不自然だ。

「慰みに一つお弾きしましょうか」

栄次郎は三味線を抱えた。

「そういえば、軒下で聞いていたら、途中で止めて、また最初から弾き直していたな。何か意味があったのか」

「そんなところから聞いていたんですか」

栄次郎は驚いてきき返した。

「うむ」

「じつは、三日前、今の曲をある場所で披露したんです」

栄次郎は忠四郎の顔を見つめながら、

「筒井能登守さまの下屋敷で、能登守さまの面前で……」

忠四郎の目が見開いていた。

栄次郎はそこで起こった一部始終を語った。忠四郎は黙って聞いていたが、話が終わると、厳しい顔できいた。

「能登守はどうした？」

「命には別状はないようです。急の容体の不調については単なる長旅の疲れということでしたが、私には何かあるとしか思えません」

「能登守を毒殺しようという者がいると言うのか」

「しかとは言いきれませぬが」

うむと、忠四郎は唸った。

「忠四郎さんは筒井家と関わりのあるお方ではないのですか。たとえば、能登守さまとご兄弟」

忠四郎は目を閉じた。

「そうなのですね。おふたりはよく似ています。そっくりです」

「双子《ふたご》だ」

忠四郎は目を開けて言う。

「双子？」

道理でそっくりなはずだ。

「でも、双子のあなたが、なぜ旗本の水島家に？」

「俺は……」

忠四郎は言いさした。

「なんですか。なんでも話してくださいませぬか」

「いや、きょうはよそう」

「なぜ、ですか」

「自分が惨めになるだけだ」

そう言い、忠四郎は立ち上がった。

「いつお話ししていただけますか」

「…………」

「私もあなたと似た境遇です」

「似た？」

忠四郎も関心を示した。

「そなたをはじめて見たときから、俺は同じ匂いを感じていた。やはり、そうだったのか。教えてくれ」

「あなたが教えてくれたら、私も話します」

栄次郎は冷たくつき離した。

「わかった。明後日。ここに来よう。きょうはこれで引き上げる。能登守のことが気にかかる」

「そのことで何かわかったら教えていただけますか」

「いいだろう」

栄次郎は忠四郎を階下まで見送った。

忠四郎はあわただしく出て行った。

やはり、忠四郎は能登守と双子だったのだ。双子を忌み嫌う風習でもあったのか。筒井家は忠四郎を外に預けたのだ。

忠四郎の屈折した心はそのことに起因しているのかもしれない。しかし、忠四郎は筒井家の出来事を知らなかった。

旗本水島家と筒井家はどういう間柄なのか。

栄次郎が二階に戻ろうとしたとき、土間に入って来た男がいた。磯平だった。

「おう、磯平親分」

「矢内さま。お聞きになりましたか」

「おとよ殺しの件ですね」

「そうです。調べれば調べるほど、死体は船で運ばれて来た公算が大きいですぜ。それなのに」

お秋が聞き耳を立てていた。

「親分、上に上がりませんか」

「いえ、あっしは」

「いいじゃありませんか。少し話があります」

栄次郎は磯平を二階に誘った。

「じゃあ、失礼しやす」

お秋にも挨拶をして、磯平は栄次郎のあとについて梯子段を上がって来た。

二階の小部屋で差し向かいになってから、

「磯平親分。おとよ殺しは吉松という男の仕業だという線で調べをする方針だと崎田孫兵衛さまから聞きました。奉行所は大口の付け届けをしている大津屋からの要望を聞き入れなければならなかったのでしょう」

「しかし」

「まあ、お待ちください」

栄次郎は制し、

「大津屋があえてそのような真似をするというのは、かえって墓穴《ぼけつ》を掘ったということでしょう。つまり、吉松が殺《や》ったのではなく、下手人は別にいるということです」

「へい」

「私はこの事件を調べるつもりです。新八さんも手伝ってくれます。磯平親分は我々のやることに気づかない振りをしてください。いざというときには、親分の手を借ります」

「わかりました」

磯平は昂《たかぶ》りを抑《おさ》えて、

「うちの旦那からもう『大津屋』には行くなと言われたときには頭が真っ白になりましたが、これであっしの溜飲《りゅういん》も下がりました」

「磯平さんはあくまでも陰で動いてください」

「へい。じゃあ、あっしはこれで」

磯平は引き上げて行った。

孫兵衛がやって来たのはまだ日が暮れる前だった。

お秋に言われ、階下に行くと、長火鉢の前で孫兵衛が気まずそうな顔で座っていた。

「昨夜は失礼しました。崎田さまの御立場を考えもせず、勝手なことを申しました。お許しください」

栄次郎から頭を下げた。

「いや、そう言ってもらうと恐縮する。そなたの言うことはもっともだ。わしも言い過ぎた」

孫兵衛も下手《したで》に出た。

やはり、自分の中にもやましい思いがあったのだろう。

「ただ、昨夜、言いそびれたが、大津屋はこういうことも言っていたのだ」

そう言い、孫兵衛は目顔で近くに来るように言う。

「はい」

栄次郎は膝を進め、そして身を乗り出して、孫兵衛の言葉を待った。

「大津屋が言うには、おとよという女中は渋江藩筒井家の上屋敷に手伝いに上がっていたそうだ。そして、吉松という男も以前に上屋敷で中間《ちゅうげん》として働いていたことがある。もし、ふたりのことを本格的に調べるなら、上屋敷の奉公人からも事情を聞かねばならなくなる。そこまで大袈裟にしたくなかったのだ」

「おとよさんは渋江藩筒井家の上屋敷に手伝いに行っていたのですか」

栄次郎は思わずきき反した。

「そうらしい。詳しいことは聞いてないが、大名家に絡むと面倒なことになりかねんでな。まあ、そういうわけだ」

「そうでしたか」

やはり、能登守の背後に現れた女中はおとよだったと考えて間違いない。

「『大津屋』と筒井家とは、どのような関わりがあるのでしょうか」

栄次郎はさりげなくきいた。

「先代の殿様の頃は、『大津屋』は御用達《ごようたし》として出入りを許されていたそうだ。ところが、五年前に今の能登守さまがあとを継いでから、着物の御用達は『後藤屋《ごとうや》』に変わったそうだ」

「『後藤屋』？　確か、日本橋本石町《ほんごくちょう》にある大店ですか」

栄次郎は確かめる。

「そうだ。今は取引はないが、ときたま女中を上屋敷に遣わせているそうだ。いずれ、再び取引できるようにとのことだろう」

「そういう事情であれば、なかなか探索は難しそうですね」

「わかってくれるか」

「はい」

「よし。今宵は呑み直そう」

孫兵衛は上機嫌になって手を叩いてお秋を呼んだ。

「酒だ。酒の支度だ」

「はい」

お秋は答え、湯呑みを持って来た。

「で、吉松の行方はわかりそうですか」

「必ず見つけてやるさ。さあ、栄次郎どのも呑もう」

「どうぞ」

お秋がちろりから酌をしてくれる。孫兵衛との仲直りがうれしそうだった。

『大津屋』に着物の仕立てに行くのについて行くことを口にしようかと思ったが、変に疑われてはならないと抑《おさ》えた。

上機嫌な孫兵衛とお秋を前に、栄次郎はふたりを騙している居心地の悪さを感じて落ち着かなかった。

第二章　影の男

一

翌朝、朝餉のあと、栄次郎は兄の部屋に呼ばれて行った。

差し向かいになってから、

「旗本の水島家、及び忠四郎のことだ」

と、兄は切り出した。

「もう調べていただいたのですか」

「うむ。ついでがあってな」

兄は居住まいを正して、

「水島家の当主は又左衛門《またざえもん》、三十三歳。書院番士だ。妻子がおる。隠居の父は五十六歳でまだ健在だ。元西丸小納戸頭《にしのまるこなんどがしら》を務めていた。次男は養子に出て……」

兄は水島家について語り、

「四男の忠四郎は二十七歳。まだ、お役にはついていない。この忠四郎は赤子のときに養子にもらい受けた子らしい。水島家に特に問題があることはない。以上だが、まだ何か」

「忠四郎がどこの家の者はわかりませんか」

「ある御家人の子だそうだ。その御家人はすでに亡くなっているらしい」

「水島家と大名の渋江藩筒井家との関わりはわかりませんか」

「渋江藩筒井家？　いや」

兄は不審そうな顔で、

「栄次郎。また、お節介病で、よけいなことに首を突っ込んでいるのではないだろうな」

と、きいた。

「いえ、そういうわけでは……」

「まあ、いい。渋江藩との関係がわかったら調べておこう」

「すみません」

栄次郎は兄の部屋から下がり、すぐに外出の支度をした。

本郷の屋敷から加賀前田《かがまえだ》家の脇を通り、湯島切通しから明神下に出た。

新八の長屋に入る。だが、新八はいなかった。朝早く出かけたのか、あるいはゆうべ帰っていないのか。

吉右衛門師匠の家に行き、稽古をつけてもらってから、お秋の家に向かった。

きょうも暑い。歩いているだけで、汗が滲んでくる。大川が見えてきて、ほっとした。

お秋の家に着くと、新八が二階で待っていた。

「すみません。少し早いと思ったのですが、待たせていただきました」

新八が腰を折って言う。

「朝、明神下に寄ったんですよ」

「そうですか。じつは、きのうは上屋敷の庭先で一晩過ごしてしまいましてね」

「それはごくろうさまでした。で、いかがでしたか」

「能登守は上屋敷で養生をしていました。だいぶ、回復してきているようです」

「では、下屋敷から上屋敷に移動したわけですね」

「ええ、下屋敷に忍び込んだのですが、妙に静かでしてね。家来のひそひそ話でも聞こうかと思ったのですが、話し声もしませんでした。まあ、夜が更《ふ》けていたので、仕方ありませんがね」

「能登守が毒を盛られたかどうかはわかりませんでしたか」

「毒を盛られたことは間違いありません」

「何か、その証が？」

「ありませんが、能登守の寝所の警戒が厳重なのです。朝餉のときも毒味をして、用心をしていました」

「暗殺を警戒しているというわけですね」

「そうです」

筒井能登守を暗殺しようという企みが進行しているようだ。何者が何のために能登守を暗殺しようとしているのか。我らには知りようがない。

ただ、毒を盛ったのが『大津屋』の女中のおとよだ。大津屋が絡んでいることは間違いない。

その『大津屋』にお秋が仕立てのことで出向くのだ。栄次郎はついて行こうとしたが、侍が行けば警戒されるかもしれない。

「新八さん。お願いがあるのですが」

「なんなりと」

「お秋さんが『大津屋』に着物の仕立てのことで出向きます。番頭として、新八さんが行ってくれませんか」

栄次郎はお秋が『大津屋』に行くわけを話してから、

「『大津屋』の奉公人から、おとよのことを聞き出して欲しいのです」

「わかりました。確かに、栄次郎さんより、私のほうがいいでしょうね」

新八が答えたとき、お秋がやって来た。

「栄次郎さん、そろそろ」

浮き立った声で、お秋が言う。

「お秋さん。じつは新八さんに代わりに行ってもらうことにしました。どうか、番頭としてお供させていただけませんか」

「あら、栄次郎さんといっしょだと思っていたのに」

お秋は不満そうに言う。

「お秋さん。あっしでご不満でしょうが、お供をさせてください」

新八は取りすがるように言う。

「そう、いいわ。じゃあ、そろそろ行きましょう」

お秋は怒ったように言う。

「すみません」

栄次郎は新八に謝る。

「なあに、着物を作りに行くんですから、機嫌はすぐに治りますよ」

新八は白い歯を見せた。

ふたりが出かけるのを見送ったが、出かける頃にはお秋の機嫌も治っていた。

新八に代わってもらったのは、新八のほうが怪しまれないということもあるが、きょうは、水島忠四郎がここにやって来るかもしれないのだ。

一昨日、ここを引き上げるときにそう約束したのだ。

栄次郎は三味線を弾きながら待った。三味線を弾いているうちに、ふいに能登守が苦しみだした姿が蘇り、音が微妙にずれた。

師の吉右衛門は叱責するだろう。真剣勝負の最中に他に気を取られたら相手に斬られる。三味線を弾いていて雑念が入ってくるのは、まだまだ未熟なのだ。

おそらく、吉右衛門は三味線を弾いたり、唄ったりしているときに周囲が炎で包まれたとしても中断せずに最後までやり遂げるに違いない。

いや、炎で包まれたとして、吉右衛門は気づかないのに違いない。最後までやり遂げて焼け死んでも悔いはないのかもしれない。

自分には出来ないと、栄次郎は思った。それだけ、吉右衛門は芸に命を懸けているのだ。一曲に魂を打ち込んでいる。

そこまでの境地には達していない。栄次郎は雑念があると、すぐ糸の音に出るらしい。誰もが気がつかない微妙な狂いを、吉右衛門の耳は逃さない。

だいぶ陽が傾いてきた。お秋と新八が戻るにはもう少し時間がかかるかもしれないが、まだ忠四郎は来なかった。

さらに時は過ぎ、気がつくと部屋の中は薄暗くなっていた。

女中が行灯に火を入れに来た。

両国の花火が上がった。その音が轟《とどろ》いた。栄次郎は立ち上がり、窓辺に立った。

両国橋のほうを見る。また花火が上がり、夜空に大輪の花が咲いた。

花火に見とれていると、お秋と新八が帰って来た。

「ただいま」

お秋が二階の部屋にやって来た。

「いかがでした？　気に入ったものがありましたか」

栄次郎は表情が綻《ほころ》んでいるお秋にきいた。

「ええ、とても素敵なものが出来そう。新八さんもごくろうさま」

「へい」

お秋は新八に労《いたわ》りの言葉を与えて部屋を出て行った。

「満足したようですね」

「ええ、かなりの上物を出してきました。値が張るものです」

新八が感嘆したのは、大津屋が崎田孫兵衛への賄賂《わいろ》の額の大きさだ。

「それより、栄次郎さん。何か妙ですぜ」

新八が表情を引き締めた。

「妙というと？」

「ええ。向こうの番頭に、さりげなく、おとよのことをきいてみたんです。そしたら、よく知らないと言うんです」

「よく知らない？」

「何度か見かけたことはあるけれど、女中ではないと言うのです。それで、別の手代にもきいてみましたが、やはり女中ではないと」

「女中ではない？　どういうことなのでしょうか」

栄次郎は当惑した。

大津屋は孫兵衛にも女中だと話している。それは嘘だったのか。

しかし、毒を盛ったことをとっても、たとえ命令されたとしても、あのように堂々とことをなせるものではない。

ふつうの女中ではないと考えるほうが自然かもしれない。

「おとよは、もしかしたら武芸の心得がある女子かもしれませんね。筒井家に女中奉公にあがる際に、『大津屋』の女中を騙ったのかもしれません」

「最初から、能登守を毒殺するために遣《つか》わされた女ですか。いったい、どこの人間でしょうか」

ふと、気がつくと、いつの間にか花火の音は消えていた。


翌朝、栄次郎は駿河台の水島忠四郎の屋敷に赴いた。

先日の門番に取り次ぎを頼むと、

「忠四郎さまはきのうは屋敷に帰らなかった」

と、苦々《にがにが》しい顔で答えた。

「きょうは帰って来るかわかりませんか」

「いや。わかりもうさん。忠四郎さまは、とにかく気ままですから」

「わかりました」

礼を言って立ち去る。

巳代治のところか。きのう一泊し、今頃はこっちに向かっているかもしれない。そう思う一方で、きょうも泊まってくるかもしれないと思った。

栄次郎は深川に向かった。忠四郎の心はざわついていた。自分を見失っているようだった。

忠四郎が何を悩み、何を苦しんでいるのか。能登守と双子で生れたことと無関係ではあるまい。

そのことで忠四郎はある種の犠牲を強いられてきたのに違いない。その鬱積《うっせき》が心の中に溜まっているのだ。

栄次郎は永代橋を渡った。白い入道雲が海の上に浮かんでいる。かなたに富士が見える。汗だくになって大八車を引っ張って行く者、そして、同じように噴き出す汗にかまわずに駕籠を担いで行く駕籠かき。行商の者も重たい荷物を持って炎天下を歩きまわっている。

栄次郎は橋を渡り、熊井町《くまいちょう》を抜けた。すると、八幡橋を渡って来た数人の男が右に折れて川沿いを行く。

その中に、忠四郎がいた。取り囲んでいるのはきのうのならず者だ。兄貴分の銀次が先頭に立っている。

どうやら人気《ひとけ》のない場所に忠四郎を連れて行くようだ。栄次郎は駆け足になってあとを追った。

八幡橋の手前を左に曲がり、川沿いを走った。しかし、前方に男たちの姿がない。栄次郎は寺のほうに足を向けた。

寺の横の雑木林から怒声と悲鳴が聞こえた。そこに駆けた。

忠四郎と匕首を構えた銀次が対峙《たいじ》していた。辺りには三人の男がうずくまっていた。

「銀次さん。やめなさい」

栄次郎が声をかけた。

「おう、栄次郎か」

忠四郎が気づいて声をかけた。

「こいつを知っているのか」

「忠四郎さんと間違われたことがあったんですよ」

「そうか。そいつは迷惑をかけたな。こいつはしつこそうだ。片腕ぐらい折って使い物にならないようにしないと、何度も襲ってくる」

　忠四郎は銀次に迫った。

「銀次さん。このひとは剣術と柔術に長《た》けています。あなたの敵ではない」

　栄次郎は割って入ろうとした。

「うるせえ。よけいな口出しはしないでくんな。俺の仲間がこいつにさんざんな目に遭ったのだ。俺が仇を討《う》たなきゃならねえんだ」

「おいおい、人聞きの悪いことを言うな。女と歩いている俺に言いがかりをつけてきたのはおぬしの仲間だ。仇を討とうなんて筋違いだ」

　忠四郎は落ち着いた声で言う。

「うるせえ」

「忠四郎さん。匕首を奪うだけにしてくださいな」

「そうはいかねえ。襲ってきたら、投げ飛ばしてやる。二度と、人さまに悪さが出来ないような体にしてやるぜ」

　忠四郎は顔色を変えた。

　本気だと思った。

「待ってください」

栄次郎は銀次に向かった。

「銀次さん。もういいでしょう。それより、このひとたちを早く医者に診せてあげてください」

「栄次郎。こいつは俺と闘いたがっているのだ。そうしないと兄貴分の面子《メンツ》が立たないのだ。邪魔しないで、好きにさせてやれ」

「銀次さん。あなたの面子はもう十分に保った。さあ、匕首を仕舞ってください」

銀次の頬がぴくぴく動いた。

しばらく睨み合いが続いたが、銀次がいきなり構えを解いた。

「わかった」

匕首を鞘に仕舞い、

「おい、立てるか」

と、銀次は倒れている仲間に声をかけた。

「行きましょう」

栄次郎は忠四郎に声をかけた。

「ちっ。つまらん」

忠四郎は呟いてから、栄次郎のあとについて来た。

「きのう、待っていたんですよ」

栄次郎は並んだ忠四郎に言う。

「すまなかった。巳代治のところに居続けたのでな」

「屋敷に帰らなくていいのですか」

「別に、どうってことない」

八幡橋まで戻り、橋を渡る。

渡りきっても、忠四郎はまっすぐ歩いて行く。

「巳代治さんの家はこっちじゃないんですか」

「どこかで酒を呑もう」

「また、昼間から酒ですか」

「悪いか」

「体を壊しますよ」

「そんなに呑んではいない」

「話してくれるんでしょう」

「何をだ？」

忠四郎はとぼけた。

「能登守さまとのことです」

「…………」

「どうしました？」

「まず、酒だ」

「三河町の蕎麦屋みたいに、こんな時間から呑ましてくれるところがあるんですか」

「言えば呑ましてくれる」

「そんな我が儘を言ってはいけませんよ。呑まずに話しましょう」

栄次郎は強く言い、忠四郎を安女郎屋の『一よし』に連れて行った。戸は開いていたが、土間に人影はない。

「すみません。どなたか」

栄次郎が声をかけると、女将《おかみ》が出て来た。

「あら、栄次郎さん。こんな時間に」

女将は当惑した。

「この方と大事な話があるので、部屋を借りたいんです」

「そう、おしま」

女将は奥の部屋に向かって声をかけた。

「栄次郎さんよ」

どたばたと、おしまがやって来た。

「おしまさん。すみません。お部屋を貸していただけませんか」

「いいわよ。さあ、上がって」

おしまはあっさり言い、唖然としている忠四郎を急《せ》かして、梯子段を上がった。

二

栄次郎と忠四郎は、おしまの部屋に入った。とたんに庭のほうから蟬の鳴き声が聞こえた。

「すまないな、おしまさん。こんな時間に、男ふたりで」

栄次郎は改めて詫びた。

「何を仰いますか。気にしないで」

あわてて白粉《おしろい》を塗ったらしいおしまの顔はどこか不自然だったが、気のよさがその表情によく現れていた。

「私はおぎんさんの部屋で休んでいますから遠慮なく。じゃあ、お侍さまもごゆっくり」

　おしまは部屋を出て行った。

「驚いたな。おぬしはあんなのが好みか」

　忠四郎は呆れたように言う。はじめて見るおしまの顔は、忠四郎には妖怪のように見えたのかもしれない。

「ここは私が十代の頃から通っているんです。おしまさんと話していると心が落ち着きます。悩みがあって苦しくてならないときにも、ここに来ると心が癒されました」

「こんな狭く、汚いところでか」

　忠四郎は信じられないように部屋の中を見まわす。紅の剝げた鏡台。傷だらけの茶簞笥。古く毛羽立つ畳。忠四郎にはまったく馴染みのない光景かもしれない。

「ここのひとたちは貧しく、他に身寄りもない。それでも、精一杯生きているんです。ここにいれば、人間の値打ちは身分でも金でもないことがよくわかります」

「俺には理解出来ぬ」

「そうでしょうね。無理はありません。でも、いつか、わかるときがくると思いますよ」

「そうとは思えん」

忠四郎は首を横に振った。

「それはこれからのことです。さあ、ここなら、誰にも邪魔をされませぬ。あなたの屈託の理由を聞かせてください。いや、その前に、今筒井家で何が起きているのか、教えていただけますか」

栄次郎は切り出した。

「わからない。父にきいたが、驚いていただけだ」

父とは養父の先代又左衛門だ。今は、長兄が又左衛門を名乗っている。

「筒井家で、何かが起こっていることは間違いありません。能登守さまの症状は軽くて済んだようですが、毒を盛られたことは間違いありません」

「…………」

「あなたは、この件で何か気がついているのではありませんか」

「いや」

気弱そうに、忠四郎は首を横に振る。

「あなたは能登守さまと双子なのですね」

忠四郎は俯《うつむ》けていた顔を上げた。

「そうだ。双子は畜生腹《ちくしょうばら》だと言われた。俺は弟だったらしい」

「いつ知ったのですか」

「十五だ。元服のときだ。父から打ち明けられた。そなたは、筒井能登守さまの嫡男忠久どのと双子の弟であると」

双子と知った能登守は先に母の胎内から取り出した弟を秘密裏に始末しようとした。渋江藩では、かつて家老職を務めた者に双子が生れたが、ふたりをいっしょに育てたために家督争いで揉めて家が廃絶になった。その教訓がなまなましく、後《のち》の災いの種をなくすために弟を始末することにした。

「だが、そこに知恵者がいた。当時の江戸家老上月《こうづき》伊織《いおり》、今の家老の父親だが、その者が双子は災いの元だけとは思われませんと、あることを進言したそうだ。そのために、殺されることを免れ、取上げ婆の世話で水島家にもらわれたという」

「水島家と筒井家はどのような関わりが？」

「両家は戦国時代より誼《よしみ》があったそうだ。関ヶ原の戦いの折り、筒井家は水島家の先祖の援助にて多大な手柄を立てることが出来たそうだ。その後、水島家に失態があり、廃絶されかかったときに、筒井家の城主の口添えにより、半分の五百石に減らされたものの廃絶を免れたという」

「なるほど。両家には浅からぬ因縁があったのですね」

栄次郎は感嘆した。

「そういう間柄であり、俺は水島家に預けられた」

「して、抹殺を免れた理由は？」

「元服のあとに、養父から教えられた。当時の江戸家老上月伊織どのは、能登守にこう進言したそうだ。この先、もし、藩主になるべき兄君が病気、あるいは不慮の事故などに遭われた場合、世継ぎ問題が起き、藩内で揉めるような事態にもなるかもしれない。このようなとき、双子の弟君が丈夫で育っておられたら……」

忠四郎は言葉を呑んだ。

「なんでですか」

「俺が丈夫で育っていたら、兄とすり替えることが出来ると」

「すり替え」

栄次郎は唖然とした。

「そうだ。養父から言われた。そなたは、忠久さまの影として生かされてきたのだと」

「影ですか」

「影だ。俺は影なのだ。俺には己がないのだ。幼少より、武術、柔術、茶の湯とひととおりのことをやらされてきた。言われるままにやってきたものは、みな忠久がやってきたものだ。いつでも、すり替えができるようにな」

忠四郎は苦しげに顔を歪め、

「そなたに俺の苦しみはわかるか。俺は他人から生き方を強要されているのだ。だが、仮に、万が一のことがあり、すり替わることになれば、俺は殿様だ。たくさんの家臣にかしずかれ、美しい女たちをはべらし、勝手気ままに生きる。そういう身分になれるかもしれない。最初はそんなことを夢見た。だが、そのうち、そんなことが起こるはずはないと思うようになった。双子であれば、俺と同じような体質のはず。俺が丈夫であれば、向こうも同じように病気などすまい。そう考えたら、俺は一生影のままで終わる公算が強いと思うようになった。いや、影の寿命はもっと短い。兄に世継ぎが生まれれば、影はもはや不要だ。兄に何かあっても、その子が筒井家を継ぐのだ」

忠四郎はあえぐように言う。

「そのことに気づいてから、俺はますます暗い穴に真っ逆様に落ちたようになった。あと数年、いやこの一、二年のうちに奥方が懐妊するかもしれない。いや、側室もおろう。もはや、俺は不要な人間なのだ。影として生きてきた者が影でなくなったあと、どうやって生きていけるのだ」

最後は悲鳴に近かった。

「そうでしたか。あなたが置かれた過酷な身の上はよくわかりました。でも、あなたは、なぜ影だと知ったとき、そのことを否定しなかったのですか」

「拒むことなど出来ぬ」

「出来ました」

「出来ぬ」

忠四郎は激しく言う。

「では、影として生きることを受け入れたわけですね」

「仕方なかった」

「仕方なくとも、影として生きてきたのですよね」

「そうだ。影として生きてきた」

忠四郎は自嘲ぎみに言う。

「つまり、今、能登守さまに何かあれば、あなたが出て行かざるを得ません。その覚悟は出来ているわけですね」

「…………」

「忠四郎さん。能登守さまは毒殺されかかっているのです」

「だからといって、俺に何が出来る？　俺に出来ることは何もない」

「あなたが影ならば、何もありません。でも、あなたが能登守さまの弟なら何か出来るのではありませんか」

「どういうことだ？」

「あなたの望みはなんですか」

「望み？」

「筒井家の藩主になりたいのか、どうかということです」

「俺には、もうそんな気持ちなどない」

忠四郎ははかなく笑った。

「ほんとうにないんですね」

「ない」

「ほんとうですね」

「くどい」

忠四郎はいらだったように叫ぶ。

「信じましょう」

栄次郎は頷いてから切り出した。

「今、あなたの兄上はある危機を迎えているのです。弟として、その危機を救ってやろうとは思いませぬか」

「…………」

「それとも、あなたは影としてこのまま待ちますか。うまくいけば、あなたは筒井能登守になる好機が到来したことになります。あなたが望まなくても能登守の座が転がり込んできます」

「そんなものは欲しくない」

忠四郎は叫んだあとで、はっとしたような顔になった。顔面が蒼白だ。

「どうしました？」

栄次郎は訝しく見る。

「もしかして……。いや、そんなばかな」

忠四郎は独りごちる。

「何があったのですか。能登守さまの暗殺のことで何か心当たりが？」

忠四郎が望まなくとも、近くに忠四郎を押し上げようとする人間がいるかもしれない。その者は能登守の死を願っている……。

「忠四郎さん。あなたを能登守にしようとする人物がいるのですね」

「そんなばかな」

もう一度呟き、忠四郎はいきなり立ち上がった。

「どうしたんですか」

「屋敷に帰る。すまぬが、巳代治に屋敷に帰ったと告げてくれ」

忠四郎は部屋を出た。

あとを追ったが、栄次郎を振り切り、忠四郎は土間を出て行った。

「あのひと、どうしちゃったの？」

おしまが出て来てきいた。

「ちょっと変わったお方なんです」

栄次郎は途方にくれたが、

「おしまさん。すみません。また、来ます」

「いいのよ。覚えていてくれてうれしかったわ。そうそう、ゆうべ、お兄さまがいらっしゃったわ。みなを集めて、大いに盛り上がったの」

おしまは笑いをこらえながら言った。兄はここに来て、女たちを集めて呑めや唄えなどと騒ぐのが好きらしい。屋敷で見せる顔とは別人だが、兄はここでは素《す》になれるのだ。

「そうですか。来ましたか」

兄の馬鹿騒ぎをする姿を思い浮かべて、栄次郎も口許を綻ばせた。

おしまに見送られて、栄次郎は『一よし』を出た。蟬の鳴き声が遠ざかった。

巳代治の芸者屋に寄り、忠四郎が急用を思い出して屋敷に帰ったことを告げた。

「ほんとうに勝手なんだから」

巳代治は呆れ返ったように言ったが、本気で怒っているわけではない。

「忠四郎さんとはどういうわけでお知り合いに？」

土間に立ったまま、栄次郎は上り框に腰を下ろしている巳代治にきいた。

「酔って道端で管《くだ》を巻いているお侍さんがいたんです。なにか重たいものを抱えているような苦しげな表情が気になって声をかけたのがはじまり」

巳代治は思い出すように言う。

「何を言っていたか覚えていますか」

「ええ、しきりに、影なんかくそ食らえと。そればっかり」

「影ですか」

「影ってなんですか」

巳代治がきいた。

「忠四郎さんに訊ねなかったのですか」

「そんなこと言った覚えはないと言うばかり。でも、酔うと、ときたま、影にだって心はあるんだとか、叫んでいます」

「そうですか」

栄次郎は痛ましげに眉をひそめた。

「忠四郎さんは深い闇のようなものを抱えています。その闇を覗こうとするのをいやがります」

「ええ」

「心配なんです。このままだと、忠四郎さんが破滅に向かうのではないかと」

巳代治は真剣な顔付きになって、

「栄次郎さま。お願いです。忠四郎さんの力になってやってください。あの方には、親しい友人もおりません。どうか、お力に」

と、拝むように手を合わせた。

栄次郎は永代橋に差しかかった。

さっき、忠四郎は何を思いついたのだろうか。あのあわて振りは、よほどのことだ。

橋の途中で立ち止まり、欄干に近付きかなたの富士に目をやった。つい最近まで残っていた雪もすっかり消えている。

冠雪した富士を見馴れていると、地肌の剝き出た富士は別物のように思えた。

(影にだって心はある)

忠四郎の呻くような声が聞こえた。

影が日の目を見ることがあるとしたら、能登守の不幸しかない。兄の不幸を願わねば忠四郎は影のままで終わる。

兄の不幸……。栄次郎ははっと気づいた。

もし、筒井家の家中に忠四郎に同情を寄せる者がいたとしたら……。いや、それより、今の能登守のやり方に不満を持つ者がいたとしたら……。

忠四郎の知らないところで、忠四郎を担ぎ出そうとする勢力が動きはじめているのではないか。

忠四郎はこのことに気づいたのかもしれない。

忠四郎に同情を寄せる者としたら、水島家の人間だ。もちろん、水島家の人間が単独で能登守暗殺をなし遂げることは難しい。

筒井家家中の能登守への不平不満分子とつるんでいる。そうみることが出来る。

しかしと、栄次郎は考えを思い止まった。

能登守に双子の弟がいることは秘中の秘だ。知っているのは、江戸家老の上月伊織であろう。この秘密は親子二代に引き継がれているはずだ。

もっとも、上月伊織は能登守の異変に際しての備えとして忠四郎を考えているのであり、忠四郎のために能登守を排除しようとは考えまい。

だとしたら、他に双子の弟のことを知っている人間がいることになる。そんな人間がいるのだろうか。

あるいは、誰かから漏れたのか。やはり、水島家の人間からかもしれない。もし、忠四郎が筒井家の当主になれば、水島家も何かと潤うはずだ。

忠四郎の養父が筒井家の不平不満分子とつるんで、能登守暗殺に踏み切った。おそらく、忠四郎はそう思いついて、養父を問い詰めに行ったのかもしれない。

栄次郎は欄干から離れ、再び永代橋を渡りはじめた。その瞬間、雷鳴のような音が耳もとで弾けた錯覚に陥って立ち止まった。

もしや……。

今の能登守を守ろうとする者たちが双子の弟の存在を知ったらどう出るか。災いの元を断とうと動くかもしれない。

そう思ったとき、栄次郎はあっと声を上げた。すれ違った商家の内儀ふうの女と女中が不思議そうに見てとおった。

忠四郎を襲ったあのならず者。あの者たちはわざといざこざを起こし、忠四郎を始末しようとしたのではないか。

殺しの理由を晦《くら》ますために芝居を打っているとも考えられる。つまり、あのならず者の背後に黒幕が存在する。

考えすぎだろうか。気になったことはすぐに確かめないと気がすまない。

栄次郎は再び深川に引き返した。

永代寺から富ヶ岡八幡宮に行き、遊び人ふうの男を見つけては八幡鐘の銀次の居場所をきいた。この界隈では名の売れた男らしく、銀次のことを知らない者はないほどだった。しかし、今、銀次がどこにいるかとなると、誰もわからなかった。

栄次郎は諦めて引き返し、永代寺門前まで来たとき、水茶屋から出て来た銀次とばったり会った。茶屋女がいっしょだった。

「あっ、銀次さん。探しました」

栄次郎はほっとして言う。

「なんでえ、まだ、何か用か」

銀次は顔をしかめた。

「おききしたいことがあるのです」

「俺に?」

警戒ぎみに、

「何か知りませんが、知っていても答えられないものはありますぜ」

と、銀次は口許を歪めた。

「わかりました。ちょっといいですか」

「じゃあ、銀次さん。また」

茶屋女がしなを作ってなまめかし声で言う。

「ああ、またな」

銀次は女に軽く手をあげて、栄次郎について来た。

人気《ひとけ》のない場所で立ち止まり、栄次郎は口を開いた。

「忠四郎さんのことですが」

「それはもう終わったことだ。二度と、付け狙ったりしねえよ」

「そうじゃないんです。銀次さんはなぜ忠四郎さんを襲おうとしたんですか」

「だから、仲間がやられたからだ。仕返しだ」

「布で肩から腕を吊っていた男ですね。なんという男ですか」

「安吉《やすきち》だ」

「安吉はどうして忠四郎さんと揉め事を？」

「喧嘩になった原因なんて些細なことだ」

「忠四郎さんは女と歩いているところに言いがかりをつけてきたと言ってました」

「まあ、いろんな理由があるだろうが」

「安吉はどんな男です？」

「金になりそうなものを見つけてはつけ入るつまらねえ野郎だ。そんな野郎でも、兄貴と慕ってこられちゃ仇を討ってやらなきゃならねえ」

　銀次は冷笑を浮かべた。

「じゃあ、金になると思って言いがかりをつけたんでしょうか」

「栄次郎さんとおっしゃいましたね。いってえ、安吉の何を調べているんですかえ」

「こういうことは考えられませんか。安吉は、ある人物から金をもらい、忠四郎さんを殺《や》るか大怪我をさせる役目を請け負った。だが、安吉は自分では歯が立たないとわかっていたので、わざと言いがかりをつけてやられ、銀次さんに仕返しを頼んだ」

「何を言っているんだ？」

銀次は目を剝いた。

「なんで、そんな手の込んだことをしなきゃならねえんだ？」

「忠四郎さんを殺す理由を隠したいからですよ。あくまでも、ならず者との喧嘩で命を落としたことにしたかったのです」

「ばかな」

銀次は苦笑し、

「そんな寝ぼけた話を聞かせて、俺にどうしろって言うんだ？」

と、気のない言い方をした。

「安吉を操っている人物を見つけて欲しいのです」

「悪いな。俺にはそんな暇はねえ」

そう言い、銀次は栄次郎の前から離れた。

「銀次さん。私は浅草黒船町のお秋というひとの家にいます。何か、わかったら、そこまで……」

栄次郎の声は届かなかったかのように、銀次は一度も振り返ることなく去って行った。

三

その夜、栄次郎が屋敷に帰ると、母が部屋にやって来た。

「よろしいですか」

「どうぞ」

母を部屋に招じる。

対座するなり、母は切り出した。

「先日のお話、岩井さまにお断りの返事をお出ししました」

「そうですか。わかりました」

「あのようなお話を持ってくるようでは、岩井さまのおつきあいの範囲も知れておいですね」

母は皮肉を言う。

「たぶん、岩井さまは離縁の経験があるとはいえ、私にはもっともふさわしい女子と考えたのかもしれません」

栄次郎は文兵衛の肩を持った。

「それでも、出戻りですよ」

母はつんとして言う。

「はあ。まことに。お断りくださり、ありがとうございました。助かりました」

栄次郎は母の機嫌を損ねないように礼を言う。

「岩井どのから返事が来て、縁談はわかった。ついては、一度、栄次郎と話がしたいと言ってきました」

「そうですか」

栄次郎も会いたいと思っていたところなので好都合だ。

「栄次郎」

「はい」

「この縁談。母がお断りをしたと思われると困ります。栄次郎が断わったことを岩井さまにお話を」

「もちろんです。私は自分の気持ちを母上に告げただけ」

「それなら、よろしい」

母はほっとしたように言う。岩井文兵衛に縁談を頼み込んだ手前、断わるのはさすがの母も負い目を持っているのはわかっていたが、ここまで気にしているとは想像もしていなかった。

「で、岩井さまはいつお会いに？」

栄次郎は話題を移すようにきいた。

「出来たら、明日の昼前、小石川片町のいつものお寺の庫裏で、と言ってきています」

「わかりました。お伺いいたします」

「では、そのように返事を認《したた》めておきましょう」

母は立ち上がった。

兄がいたら、水島家についてもう少し調べてもらおうと思ったが、あいにく兄は今宵は宿直《とのい》だった。

忠四郎は養父を問い詰めただろう。しかし、筒井家の誰かと結託していたとしても、養父が正直に答えるだろうか。忠四郎の知らないところでの策謀に違いない。

もし、そのような事実がなかった場合、当然ながら養父は否定する。だが、忠四郎は信じられるだろうか。

ふとんに横たわっても、さまざまなことが頭の中を駆けめぐり、栄次郎は目が冴えていた。

翌日の昼前、栄次郎は小石川片町の寺の山門をくぐった。

庫裏に行くと、すでに池の近くにある部屋に文兵衛は来ていて、廊下から鯉に餌をやっていた。

「ちょっと待っててくれ」

文兵衛は言ってから餌をまき続けた。

栄次郎は部屋の真ん中で文兵衛を待った。きょうも強い陽差しが庭に射し込んでいるが、庭から入って来る風は涼しかった。

ようやく、文兵衛が部屋に戻った。

「御前。ご無沙汰しております」

「呼び出してすまなかったな」

今は隠居の身であるが、かつて文兵衛は一橋家で用人をしていた。当時の一橋家の当主は二代目の治済《はるさだ》で、今は十一代将軍家斉の実父であり、大御所《おおごしょ》として絶大な力を誇っていた。

その治済がまだ一橋家にいた頃、栄次郎の父も一橋家の近習番だった。つまり、文兵衛と父はその頃からのつきあいだった。

「御前。このたびはありがとうございました」

栄次郎は気遣いへの礼を言った。

「なんのことかな」

文兵衛はとぼけた。

「縁談の件です。あのようなお話を持ち込んでいただいたおかげでうまくいきました」

「そうか。母御も気に入らなかったようだな」

文兵衛は笑った。

「はい」

「まずは、めでたしか。しかし、母御がこのことを知ったら、怒るであろうな」

「申し訳ありません。御前まで巻き込んでしまい」

「なあに、気にせんでいい。だが、苦労した。母御に頼まれた件を捨てておくことも出来ず、さりとて母御が気に入らぬ相手でないと、栄次郎どのが断われなくなる」

「はい。御前の知恵に感服しました」

「悪知恵だ」

文兵衛は苦笑した。

「そろそろ、栄次郎どのの三味線で唄いたい。近々どうかな」

「はい。いつでも」

文兵衛は端唄《はうた》を嗜む粋人で、栄次郎の弾く三味線で唄うのを楽しみにし、ときたま薬研堀《やげんぼり》の料理屋に行く。

また、気持ちのよい風が吹き込んで来た。

「涼しい風ですね」

栄次郎は庭に目を向けた。

「だが、このような風は雨の予兆だ」

「えっ？　でも、空はあんなに晴れ渡っていますが」

「どうかな。油断は出来ぬ。この冷たさは雨雲を運んでいるからだ。長く生きていると、何度か同じような風を受けたことがある」

栄次郎は半信半疑で聞いた。

「御前。お聞きいただきたいことがあるのですが」

頃合いを見て、栄次郎は切り出した。

「何かな」

「何から話したほうがよいのかわかりませんが、まず、渋江藩筒井家の下屋敷での一件からお話しさせていただきます」

「渋江藩筒井家？」

「はい。先日、市川咲之丞さま、杵屋吉右衛門師匠とともに深川の下屋敷に招かれ、踊りを披露いたしました」

栄次郎は、そこでの出来事を逐一話した。

「能登守さまの急の体調不良のもとは毒薬によるものと、その後の調べでも間違いないと思われました」

「………」

文兵衛の顔付きが変わった。

その後、毒薬を投与したと思われるおとよのことを話し、そのおとよが殺されたことに文兵衛はますます厳しい顔になった。

「ところで、御前は西丸小納戸頭を務めていた水島又左衛門どのをご存じではありませんか」

「水島又左衛門？」

西丸に将軍家斉の実父治済が住んでいる。治済は高齢であり、病床にあるらしく、文兵衛はときたま西丸に顔を出しているようだ。

西丸小納戸頭は西丸に住む大御所や将軍世嗣の身の回りのものを用意する役目である。文兵衛は西丸小納戸頭の水島又左衛門を知っているかもしれないと思った。はたして、文兵衛は答えた。

「うむ。知っている。何度かお会いしたことはある。なかなか、実直なお方であったと記憶している」

「水島さまには男子が四人おられます。水島家を継いだ長男、次男と三男はそれぞれ他家に養子に出て、四男のみ部屋住として残っております」

「…………」

文兵衛の顔が微かに緊張してきたのは、栄次郎の話が只事ではないと思ったからであろう。

「この四男は忠四郎どのといい、二十七歳でございます。赤子の折り、水島家にもらわれてきたとのこと」

栄次郎は話しながら緊張してきて、口の中が乾いていた。

「さきほどお話しした筒井能登守さまも同い年でございます」

「まさか」

文兵衛は喉に引っかかったような声を出した。勘の鋭い文兵衛は事態を呑み込んだようだ。

「はい。忠四郎どのは能登守さまの双子の弟ぎみにあらせられます」

「うむ」

文兵衛は唸った。

「双子で生れた弟をひそかに処分することになったのを、江戸家老の上月伊織どのの意見により、能登守さまに万が一のことがあった場合に備えての影として生かしておくことになったそうです」

その経緯を話してから、

「忠四郎どのは、元服の折から自分が影であることに苦しみ、今では自暴自棄になっています。そんな中で、今回の能登守さまの毒殺未遂が起きました」

「信じられぬ話だ」

黙っていることに堪えきれぬように、文兵衛が呟いた。

「今、能登守さま周辺で怪しい動きがあるように、忠四郎どのの周辺でもきな臭い出来事が起きています」

「栄次郎どのはどうしたいのだ？」

文兵衛は厳しい顔できいた。

「能登守さまの暗殺を未然に防ぎ、忠四郎どのに新たに生きる力を与えてあげたいのです。このままでは忠四郎どのは魂の脱け殻、屍《しかばね》も同然になりましょう。忠四郎どのを救ってやりたいのです」

栄次郎は文兵衛にすがるように、

「御前。お願いです。忠四郎どのに会ってさしあげていただけませぬか。忠四郎どのの苦しみ、悩みを聞いてあげていただきたいのです」

「難しい頼みだな」

文兵衛は困惑したように腕組みをした。

「忠四郎どのを救うには、まず、筒井家の混乱を鎮《しず》めなければなるまい。しかし、双子の件を知るものは限られていよう。へたに動いても、否定されるだけだ。相手は大名家だ」

文兵衛は深くため息をついた。

「今、忠四郎どのの懸念は、水島家が忠四郎どのを藩主にする好機ととらえて、筒井家の反能登守さま一派とつるんでいるかもしれないということです」

「能登守さま暗殺に、水島家が絡んでいると申すのか」

「そういう事態も考えられます。忠四郎どのはこのことを懸念していると思われます。

御前」

　と、栄次郎は身を乗り出した。

「隠居した水島さまにお会いしていただくことは出来ませんか」

「水島どのに？」

「はい。まず、水島どのに、そのような野心がほんとうにあるのか。そのことを確かめていただきたいのです」

「正直に答えると思うか」

「答えずとも、そこから何かが摑めるのではないでしょうか」

「栄次郎どののお節介病は、わしもよく知っているが、今度の件はあまりにも大きいな」

「申し訳ありません」

「よし、わかった。会ってみよう」

「ほんとうですか」

「うむ。ただ、話の流れの中で、栄次郎どののことを打ち明けなければならなくなるかもしれぬ」

「構いません」

栄次郎は答えてから、

「筒井家の中を調べることは出来ませぬが、殺された女中は呉服屋『大津屋』に関わりあるものです。私は『大津屋』のほうから責めていくつもりです」

「よし。わかった。このことにけりがつくまでは、薬研堀に行くのもお預けだな」

「申し訳ありません」

栄次郎は深々と頭を下げた。

駕籠で引き上げて行く文兵衛を見送ってから、栄次郎は湯島切通しを過ぎて浅草黒船町に向かった。

お秋の家に新八が来ることになっている。新堀川を越えた頃になって背後の西の空に厚い雲が現れているのに気づいた。

文兵衛の言うとおりだ。あんなに晴れていたのに、西の空は暗くなっていた。

栄次郎は雨雲に追われるようにお秋の家にやって来た。

「いらっしゃい」

お秋が迎えた。

「天気が変わりそうですね」

「ええ、いやだわ。せっかく、洗濯をしたのに」

お秋はわざわざ外まで空を見に行った。戻って来て、

「降りだすわ」

と、あわてて洗濯物を取り込みに行った。

栄次郎は二階の部屋に上がった。

窓辺に寄り、大川に目をやる。風が強いのか、波が高い。渡し船が動いていないようだ。まるで、この先の暗雲を暗示するかのような天候の変化に胸がざわついた。

三味線を取り出したが、撥を持ったまま、栄次郎は考え込んだ。

能登守暗殺を狙う一派は毒殺に失敗したあと、どんな手に打って出るのか。上屋敷内は能登守の警護が厳重に敷かれているだろう。だとしたら、上屋敷内での凶行は難しいはずだ。

いきなり、ざっと雨が降ってきた。栄次郎はあわてて窓辺に行き、雨戸を閉めた。

お秋が行灯《あんどん》に火を入れに来た。

「洗濯物を取り込んでいてよかったわ」

そう言いながら、お秋が部屋を出て行く。

部屋の真ん中に戻り、三味線を抱えたが、あっと、気がついた。能登守は、来月に

老中から茶の湯に誘われていると言った。

まさか、老中が……。いったい、老中のどなたが招こうとしているのか。いけない。今はよけいなことを考えず三味線の稽古に打ち込もうと深呼吸をし、気分を変えた。

だが、今度はおとよのことが脳裏を掠めた。

おとよは『大津屋』の女中ではないと、新八が聞き込んできた。確かに、商家の一介の女中が毒を盛るような危険な真似が出来たとは思えない。だとしたら、あの女は何者だろうか。

また、ため息をつき、深呼吸をする。雑念を追い払い、三味線の稽古をはじめようとしたとき、梯子段を駆け上がって来る音がした。

廊下で声がした。

「新八です。よろしいでしょうか」

「どうぞ」

栄次郎は三味線を脇に置いた。

「失礼します」

新八が入って来た。

「降りだしてきました」

　新八の髪が少し濡れていた。

「何か、わかりましたか」

「ええ。おとよが『大津屋』に女中としてやって来たのは半月ほど前で、ほとんど女中らしい仕事はしていなかったようです」

「『大津屋』の女中なら、筒井家に乗り込むことはたやすかったのですね」

「『大津屋』は筒井家に入り込もうと、以前より、筒井家で何かの催しがあるときは、何人かの女中を手伝わせに行かせていたようです。あの日も、『大津屋』から三人の女中が下屋敷に遣わせられたようです」

「では、あとふたりいるんですね」

「ええ。でも、そのふたりにきいてみましたが、おとよは自分たちとは別に働いていたということで、何も知らないようです」

「そうですか。いずれにせよ、おとよが何者かを知らねばなりませんね」

　おとよが何者かがわかれば、能登守暗殺の張本人が割り出せるはずだ。なにしろ、筒井家の内部事情をまったく知らないので、誰が味方で、誰が敵かもわからない。御留守居役の川村伊右衛門でさえ、能登守にとって益ある者か害をなす者かさえわからない。

筒井家の事情を探る手立てがなかった。唯一の手掛かりは『大津屋』だ。

「『大津屋』と筒井家の関わりは何かわかりましたか」

「それが変なんです」

「変とは？」

「ええ、今は『大津屋』は筒井家とは商売上はつきあいがないみたいなんです」

「ええ。崎田さまが仰っていました。筒井家の御用達は『大津屋』でしたが、今の能登守さまが当主になられてからは『後藤屋』が筒井家に入り込んでいるそうです」

「『後藤屋』って、日本橋本石町にある呉服屋ですね。そうですか、今は『後藤屋』が筒井家の御用達ですか」

新八は考え込んだように言う。

「つまり、『後藤屋』が『大津屋』から御用達の座を奪った。その時期が、能登守さまが家督を継がれたあとということですから、その裏には、能登守さまの意向が大いに働いていると思われます」

栄次郎はそこに今回の騒動の根源があると見ている。

「『大津屋』は再び、筒井家に食い込もうと必至になっているのですね」

新八は高ぶった声で言う。

「その辺りに何か手掛かりがありそうですね。『大津屋』が筒井家の誰と親しいのか、それを探れば、敵が見えてくるかもしれませんね」

忠四郎の存在がよけいに事態を複雑にしているような気がした。忠四郎は大津屋とはつながりはない。忠四郎はどんな役割を担っているのか。

「今度、大津屋が上屋敷に行ったとき、中に忍び込んで、大津屋が誰と会っているか確かめてみます」

「お願いいたします」

新八が引き上げたあとも、栄次郎はなかなか三味線の稽古に没頭出来なかった。

夕方になって、岡っ引きの磯平が雨の中にやって来た。お秋の知らせに階下に行くと、磯平は強張った表情で、栄次郎に近付き、

「吉松の死体が見つかりました」

と、口にした。

「吉松が？」

「はい。谷中天王寺《てんのうじ》裏手にある雑木林の中で首をくくって死んでるのが見つかりました」

「吉松が……」

栄次郎はもしやという気持ちを持っていたが、いざ事実として突き付けられると、改めて見えない敵に対して怒りが込み上げてきた。

四

翌日の昼前。栄次郎と磯平は谷中天王寺裏手にある雑木林に来ていた。

きのうの雨は明け方に上がり、朝から強い陽射しで、蟬の鳴き声が喧《やかま》しい。

「この枝に自分の帯をかけて首をくっていました。きのうの朝、近くの寺の寺男がこの辺りの掃除をしていて見つけたのです」

「死んだのは？」

「一昨日の夜だと思われます」

「不審な点はありましたか」

「ええ。吉松の後頭部に殴られた跡がありました。それから、枝に擦《こす》ったような跡がありました。つまり、気絶した吉松の首に帯を巻き付け、枝にかけて吉松を引っ張りあげたのだと思われます。もっとも、あっしは栄次郎さんに言われていたので、最初から疑ってかかっていたので気づいたのですが、ふつうでは気づかない跡でした。現に、うちの旦那は自殺だと決めつけてました」

同心は上役から言われたように、最初から吉松がおとよを殺したあげく、逃れきれぬと思って首をくくったと何も考えずに決め込んだのではないか。

「つまり、奉行所は自殺と考えたわけですね」

「そうです。これで、おとよ絡みの一件は落着ということになります」

「そうですか」

予想していたとおりになっただけだが、栄次郎は怒りが込み上げてきた。吉松は能登守暗殺の失敗の巻き添えを食ったのだ。

吉松にとってはとんだ不運であり、不幸だ。

「吉松を吊り上げたのはすくなくともふたり、もしくは三人ぐらいでやらないと持ち上がらないでしょうね」

「ええ、辺りには数人の足跡がありました。うちの旦那に言わせれば、吉松がここに来る以前に数人の男がやって来たのだろうと」

「あくまでも、吉松は自殺としたかったのでしょう。で、吉松とおとよがつきあっていた確認はとれたのですか」

「わかりません。これも、旦那に言わせれば、ふたりは世間に隠れてつきあってきたのだからということでした」

「そうですか。この線からも、追及は難しそうですね」

「ええ。残念ながら」

蟬が別の木に移り、他で鳴きだした。

栄次郎と磯平は引き上げた。

不忍池《しのばずのいけ》の脇から下谷広小路に出た。たくさんの人出で賑わっている通りを行くと、呉服屋の『大津屋』の屋根看板が見えてきた。

「矢内さま。『大津屋』に駕籠が向かいます。ひょっとして、大津屋が出かけるところかもしれませんぜ」

磯平が小声で言う。

「一度、顔を見ておきたい」

栄次郎は『大津屋』に向かった。隣りの下駄問屋の脇から『大津屋』に近付くと、ふと店から絽《ろ》の羽織を着た恰幅のよい四十前の男が出て来た。栄次郎とまともに顔が合った。鰓《えら》の張った顔で、横に広がった鼻は大きく、目は逆に細い。

一瞬、含み笑いをしたように思えたが、そのまま大津屋は駕籠に乗り込んだ。脇に供の手代らしい男が立った。

駕籠が動いたのを見送ってから、

「あれが大津屋ですか」

と、栄次郎は呟いた。

「ええ。なかなかの遣《や》り手だそうです」

と、磯平が教えた。

「もともとは、番頭だったのを先代が見初《みそ》めて婿《むこ》にしたそうです。先代もなかなかの男だったようですが、今の大津屋も先代に負けないという噂でした」

「そうですか。『大津屋』は今は筒井家の御用達ではないようですね」

「ええ。最近は『大津屋』に代わり、『後藤屋』が筒井家に入り込んでいるようです」

磯平もその辺りのことは知っていた。

「磯平親分は、『後藤屋』の主人と面識はあるのですか」

「ええ、一度、聞き込みで会ったことがあります」

「引き合わせていただけませんか」

「『後藤屋』に何か」

「どこまで話してもらえるかわからないが、筒井家のことについて知るには格好の相手だと思ったものですから」

筒井家の内紛が『後藤屋』と『大津屋』の御用達争いに呼応しているのは間違いない。栄次郎はそんな気がした。

「わかりました。ご案内いたしましょう」

磯平は請け合い、御成道《おなりみち》から筋違橋《すじかいばし》を渡り、須田町を経て、日本橋本石町にやって来た。大店が並ぶ通りの真ん中付近に、『後藤屋』が現れた。

磯平は間口の広い土間に入った。

番頭らしき男があわてて飛び出して来た。

「これは親分さん」

「旦那はいるかえ」

「はい。少々、お待ちを」

栄次郎にちらっと目をやってから、番頭は奥に引っ込んだ。

たくさんの客が座敷に上がり、着物を見立てている。

「来ましたぜ」

磯平が帳場のほうに足を向けた。栄次郎もついて行く。

「親分さん。何か」

上り框までやって来て、後藤屋が声をかけた。細身で、渋い感じの三十半ばぐらいの男だ。大津屋より若い。

「こちら、矢内栄次郎さまと仰る。筒井家について知っていることを教えてさしあげてもらいたい」

「筒井家の……」

後藤屋は顔色を変えた。

「矢内栄次郎です。決して、ご迷惑はおかけいたしません。どうか、お願いいたします」

栄次郎は頼んだ。

「後藤屋さん。筒井家で今何が起こっているか、矢内さまはご存じだ。そのことで、お訊ねしたのだ」

「筒井家で何か起きているのですか」

「後藤屋さん。しらっぱくれてもだめだ。矢内様さまはご存じだ」

「はい」

後藤屋はあわてて、

「どうぞ」

と、上がるように言う。

「矢内さま。あっしは旦那が待っているんで行きます」

「そうですか。すみませんでした」

「いえ。じゃあ、後藤屋さん、頼みましたぜ」

磯平は去って行った。

栄次郎は座敷に上がり、内庭の前を通って奥の客間に通された。

「今、お茶を」

「いえ」

女中を呼ぼうと手を叩こうとした後藤屋を、栄次郎は押し止めた。

「お構いなく。それより、さっそくお訊ねしたい」

「はい」

後藤屋は身構えるように体を固くした。

「先般、能登守さまが倒れられたことをご存じですね」

「はい。長旅の疲れが出たとか……」

後藤屋は窺うような上目づかいで見た。知っていて、とぼけようとしているのか。

あるいは、ほんとうに知らされていないのか。

「そう思いますか」

「えっ？」

後藤屋は眉根を寄せ、不審そうな顔をした。

ほんとうに知らないのだ。知らされていないのだと、思った。よくよく考えれば、筒井家の出来事を御用達とはいえ、よその人間に言う必要はない。

「能登守さまが倒れられた日、私は下屋敷に、歌舞伎役者の市川咲之丞さまらとお招きを受け、舞台に立ちました」

「はい。確かに、そのような催しをなさると聞いていました」

「舞台を観ている最中に突然、お苦しみになられた」

「…………」

後藤屋は不安そうな表情になった。

「後藤屋さん。私は能登守さまは毒を盛られたと思っています」

「…………」

後藤屋は生唾を呑み込んで、

「どうして、そう思われるのですか」

「能登守さまの背後に現れた女中が盃に何かを投入するのを見ました。もちろん、毒かどうかわかりません。しかし、それからしばらくして、能登守さまは苦しみだした」

「やはり、そうですか」

後藤屋がぼつりと言った。

「やはり、とは?」

「先日、能登守さまのお見舞いに参上したとき、家臣のひとりがこっそり打ち明けてくれました。俄《にわ》かな体調不良だったと言われているが、毒を盛られたのではないかという者がいると」

後藤屋は身を乗り出し、

「私は一笑に付しました。そんなことを、誰がするのかと。今まで、そう思っていました。でも、矢内さまが見た怪しい女中の件は初耳でございました」

「その女中は殺されました」

「なんですって」

後藤屋は飛び上がらんばかりに驚いた。

「殺した男は首を括って死んだ。男女間の色恋沙汰の末の悲劇ということで奉行所はけりをつけたのです」

「…………」

「後藤屋さん。教えていただきたい。なぜ、それまで御用達商人だった『大津屋』に代わり、後藤屋さんが筒井家に入り込むようになったのか」

「はい」

後藤屋は頷いて顔を向けた。

「仰るとおり、『大津屋』さんが筒井家に入り込んでいました。ですが、父は能登守さまがご幼少の頃から庇護を続けてこられました。儲けを度外視して、能登守さまにいろいろご支援を……。十代の頃は、この家に遊びに来たこともございます。私の妹とも、親しくなりました」

「なるほど。能登守さまとは深い繋がりが出来ていたわけですね」

「ちょうど、能登守さまが家督を継がれたと同じ頃に、私も隠居した父のあとを継ぎました。その頃、『大津屋』さんにたいへんな落ち度が」

「落ち度？」

「能登さまの妹ぎみにお作りした打ち掛けが、何かに引っかかった際に布が裂け、粗悪であることがあきらかになったのでございます。『大津屋』で誂《あつら》えた着物がすべて正価よりも高くとっていたことがわかり、能登守さまがお怒りになって、私どもに変えたのでございます」

「なるほど。それが五年前」

「はい」

「しかし、『大津屋』は今も食い込もうとしているようですね。筒井家の催しには、『大津屋』から女中を手伝いに出させているようです」

「はい。でも、能登守さまは『大津屋』さんに対する怒りは治まっていないはずです。怒りはなくとも、信用していないと思います」

「なるほど。大津屋にとって、能登守さまは……」

邪魔な存在という言葉を、栄次郎は喉元に呑み込んだ。

「大津屋と親しいお方はどなたかわかりますか」

「それは、御留守居役の川村伊右衛門さまです」

「川村さま……」

だいぶ、事情が呑み込めてきたと、栄次郎は思った。

「後藤屋さんは能登守さまとはご幼少の頃からおつきあいがおありでしたか」

「はい。私を兄のように慕ってくださいました」

後藤屋は深刻そうな顔になって、

「能登守さまの身に心配はないのでしょうか」

「十分な警戒をしているのでだいじょうぶだと思います。何かあったら、後藤屋さんのお力をお借りするようになるかもしれません。その節はよろしくお願いいたします」

栄次郎は頭を下げてから立ち上がった。

五

『後藤屋』を出て、栄次郎は鎌倉河岸から三河町を経て、駿河台の水島忠四郎の屋敷に行った。

だが、いつもの門番が、さっき出かけたと告げた。巳代治のところだろうと思い、栄次郎は深川に向かった。

半刻（一時間）後に、栄次郎は巳代治の家に着いた。

巳代治が出て来て、

「忠四郎さまは、さっき来ましたけど、すぐ使いのひとがやって来て出かけましたよ」

と、眉根を寄せた。

「どこへ行ったかわかりますか」

「さあ。あっ、もしかしたら、洲崎弁天《すざきべんてん》かもしれません。出掛けに、洲崎弁天はどこにあると、きいていましたから」

巳代治は思い出して言う。

「洲崎弁天ですね。でも、使いとは誰なんでしょうか」

「男のひとだったわ」

「忠四郎さんは誰とも言わなかったんですね」

「ええ」

「素直に応じたのですね」

「そうです」

ふと、巳代治は心配そうな顔をし、

「最近、忠四郎さんはとっても苦しそうなんです。いったい、何を苦しんでいるんでしょうか」

と、きいた。

「私もそうですが、部屋住というのは苦しいものです。巳代治さんがそばにいてあげれば心配いりませんよ」

「そうでしょうか」

疑い深そうな目をする。

「そうです。じゃあ、私は洲崎弁天に行ってみます」

栄次郎は巳代治の家を辞去した。

八幡橋まで戻ると、銀次とばったり会った。銀次は罰《ばつ》の悪そうな顔をしていた。

「まさか、まだ忠四郎さんを追いかけているのではないでしょうね」

栄次郎は半ばからかうようにきいた。

「もう、しねえって言ったはずだ」

銀次は苦笑して言ってから、

「忠四郎さんに会って来たのか」

「いえ。すれ違いでした。洲崎弁天に行ったらしいので、これから行くところです」

「そうか。やっぱり」

銀次が眉根を寄せた。

「何か」

「さっき、安吉が五人ぐらい浪人を引き連れて洲崎の海岸のほうに行った」

銀次の顔が紅潮していた。

「忠四郎さんを襲うってことですか」

「そうだ」

「行ってみます」

栄次郎は駆けだした。

富ヶ岡八幡宮の前を通り、入船町《いりふねちょう》を過ぎてから海のほうに向かう。洲崎原が横に広がり、堤の向こうは海だ。涼を求めたひとたちがたくさん集まっている。

左のほうに目をやったとき、数人の浪人が洲崎弁天に近付いて行くのがわかった。栄次郎は駆けた。

洲崎弁天に近付く。門前から境内は茶屋や蕎麦屋などが並んで賑やかだ。栄次郎は突っ切る。浪人の姿は見えない。

境内を突っ切ると、堀に出た。堀の向こうは武家屋敷だ。急に人気《ひとけ》はなくなった。堀沿いの境内の裏手に雑木林があった。

そこに向かった。やがて、激しい声が聞こえたきた。栄次郎はそこに向かった。

忠四郎が剣を構えた五人に囲まれていた。

「待て」

栄次郎は大声を出した。

「おう、来たか」

忠四郎がほっとした声を出した。

「五人は厄介《やっかい》だ。ふたり面倒を見てくれ。三人ならなんとかなる」

「わかりました」

栄次郎は浪人たちに声をかける。

「さあ、私も相手をする」

巨軀の不精髭がひとりだけ栄次郎に顔を向けた。

「俺が相手をしよう」

野太い声だ。

「いいでしょう」

巨軀の不精髭は小さく見える剣を正眼にして構えた。栄次郎は気を引き締めた。並の腕ではないとわかった。

巨軀が正眼に構える剣の切っ先の向こうに消えて行くようだ。まるで、剣尖《けんさき》が蛇の頭のように大きく見える。

栄次郎は自然体で立った。

「居合か」

相手が緊張した声を出した。

じりじりと相手が間合いを詰めてきた。栄次郎はまだ両手をだらりと下げて突っ立っている。

じりじりと迫ってきた。栄次郎はまだ我慢した。あと僅か間合いが詰まったら、栄次郎は居合腰になる。

だが、相手の動きが止まった。剣尖が小さくなった。相手は後退している。

「どうしました？」

「俺の負けだ」

巨軀の不精髭があっさり言い、刀を引いた。

悲鳴が聞こえた。忠四郎がふたり目の浪人を倒したところだ。

「心配ない。峰打ちだ」

忠四郎が言う。

「さあ、次は誰だ？　かかって来い」

他の浪人は腰が引けている。

「おい、退くぞ」

巨軀の不精髭が大声を上げた。

「なんだ、逃げるのか」

「相手がふたりとはきいていない。それに、手強い相手にしては報いが安すぎる」

「誰に頼まれた？」

栄次郎はきく。

「言えるわけはない。おい、立てるか」

巨軀の不精髭は唸っている浪人に声をかける。

「肩を貸してやれ」

「値を吊り上げてから、また襲いに来るのか」

「いや。俺は下りる」

「依頼主は誰だ？　安吉というならず者か」

「ふん。さあ、行くぞ」

「答えるまで、ここを通さぬと言ったら？」

栄次郎は脅した。

「ならば、そっちの男と相討ちになろう。共に死ぬまでだ」

本気だと思った。相討ち覚悟で責めてこられたら、さしもの忠四郎も難渋するだろう。

「わかった。その代わり、二度と顔を出すな」

「どうせ、安吉って野郎に頼まれたんだろうぜ」

退散していく浪人たちに、忠四郎が浴びせた。

「どうして、ここがわかった？」

「巳代治さんに、洲崎弁天の場所をきいたそうじゃないですか。それに、途中で銀次さんにあったら、安吉が浪人を連れて洲崎弁天のほうに向かったと教えてくれました」

「あの銀次が、か」

「そうです」

「とにかく、安吉はしつこい野郎だ」

「黒幕は他にいますよ。安吉は単なるめくらましです。あなたを殺《や》る理由作りのために利用されているだけですよ」

「じゃあ、俺の命を狙っているのは、双子の俺が邪魔だと思っている人間か」

「そうです。あなたのことを知っている人間です」

「うむ」

「忠四郎さん。この前、『一よし』からあわてて引き上げて行きました」

「そんなことがあったかな」

忠四郎はとぼけた。

「ええ、血相を変えて。あれは、あなたを日の当たる場所に立たせようと考える者が能登守さま暗殺を企てたと考えたんじゃないですか」

「栄次郎」

忠四郎は栄次郎を呼び捨てにした。

「こんなところではゆっくり話は出来ぬ。落ち着いて話せるところに行こう」

「かえって、ここのほうが誰にも聞かれる心配はありませんよ」

「落ち着かぬ」

「しかし、そんな場所はありません」

「『一よし』があるではないか」

「しかし、あなたは居心地が悪そうでした」

「なんだか、もう一度行ってみたい。よし、行こう」

勝手に決めて、忠四郎はさっさと歩きだした。

『一よし』に行くと、おしまはいやな顔ひとつせずに迎えてくれた。

おしまの部屋に上がるなり、

「おしまさん。酒をもらえないか」

と、頼んだ。

「酒なんか呑んでいる場合ですか」

「いいではないか。好きなように生きる。どうせ、明日あるとは思えないのだ、俺は」

忠四郎は厳しい顔になった。

「なぜ、そんなことを考えるんですか」

「今、持って来ます」

おしまが部屋を出て行った。

「そなたの言うとおりだ。器量は悪く、歳をとっているが、おしまといると心が安らぐ」

「私は、器量が悪いなんて言ってませんよ」

「そうだったかな」

梯子段を上がって来る足音がして、おしまが銚子を持って現れた。

「何がそうだったのですか」

おしまが忠四郎にきいた。

「いや、なんでもない。こっちの話だ」

「わかってますよ。器量は悪く、歳をとっている、でしょう?」

図星を刺され、忠四郎はあわてた。

「ほら、やっぱり」

「違う、違う」

忠四郎はかぶりを振る。

「いいんですよ」

おしまは気にもとめない。

「さあ、どうぞ」

おしまが忠四郎の湯呑みに酒を注ぎ、続いて栄次郎にも酌をし、

「じゃあ、ごゆっくり」

と、気を利かせて出て行った。

「凄いひとだ」

忠四郎が感心している。

「何が凄いんですか」

「大人物だ、あのひとは」

「忠四郎さん。それがわかるのはたいしたものですよ」

栄次郎もうれしくなって酒を呑んだ。

が、すぐに笑みを引っ込め、湯呑みを空にしてから、

「さあ、忠四郎さん。お話しください」

と、栄次郎は促す。

「うむ」

忠四郎は厳しい顔になり、

「能登守を暗殺して誰に一番利があるか。いうまでもない。俺だ」

と、痛みを和らげるように胸を手で抑えながら吐き出した。

「だが、あなたにはその気がないではありませんか」

「まったくないとは言えない。何度、能登守に何かあってくれたらと願ったことか。そんな俺の気持ちは端《はた》の者は気づく。そうではないか」

「わかりません。ただ、あなたが鬱々と生きていることは感じるでしょう」

「そうだ。そんな俺のために、一肌脱ごうという者が現れても不思議ではあるまい。能登守暗殺未遂を聞いて、そう考えたのだ」

　忠四郎は唇を嚙み、ぐっと何かを呑み込んでから、

「俺のために動くとすれば、養父だ。養父は、影のように生きざるを得ない俺をずっと不憫に思っていたのだ。俺のためにと、だいそれたことに手を染めた。そう思った。だから、養父に確かめた」

「どうでしたか」

「養父はとぼけた。ほんとうのことを言うはずはない。真実を知って、一番傷がつくのは俺だ」

「だから、ほんとうのことを言わないと？」

「そうだ。言えるものではない」

「あなたは、どう思っているのですか。養父殿はしらを切っていると思いますか」

「わからん」

　忠四郎は苦しそうに眉間に皺が寄った。

「私は養父殿がそこまでするとは思えません。毒殺して藩主になっても、あなたが苦しむだけということは当然わかっているはずです。だから、養父どのは何もしていません」

「では、誰だ？」

「もちろん、兄上様たちでもありません。少なくとも、あなたを救うために行なわれたことではありません。何者かが己の利益のためにやったことです」

「栄次郎。何か知っているのか」

忠四郎は身を乗り出した。

「呉服問屋の『大津屋』と『後藤屋』を知っていますか」

「いや」

「『後藤屋』は筒井家御用達の呉服問屋です。そして、『大津屋』は五年前まで、御用達だったところです」

栄次郎は両者の関係を説明し、そしてあくまでも当て推量に過ぎないがと前置きして、能登守暗殺の企ての黒幕に及んだ。

「つまり、『大津屋』こそ、その黒幕のひとり。能登守さまがいなくなれば、再び御用達になれると、大津屋は信じていたのではないでしょうか。もっとも、大津屋だけでは無理です。筒井家の何者かとつるんでのことです。いえ、筒井家のある者こそ、ほんとうの黒幕かもしれません」

「では、大津屋を問い詰めて、すべてを吐かせたらいいではないか」

忠四郎は逸《はや》ったように言う。

「残念ながら、証がありません。大津屋はしらを切るでしょう。それに対して、今のままでは問い詰めることは出来ません」

「ちくしょう」

忠四郎は吐き捨てたあとで、

「そなたのことだ。筒井家の黒幕が誰であるか、気づいているのではないか」

と、栄次郎の目を覗き込むように見た。

「それは、まだ」

「誰だ？　言え」

「証がありません」

「誰を疑っているのか、それを教えてくれ」

忠四郎は迫った。

「わかりました。あくまでも、想像です。御留守居役の川村伊右衛門さまです」

「留守居役の川村……」

忠四郎は小首を傾げた。

「大津屋と川村さまは親しい間柄だと、後藤屋から聞いたうえでの考えです。ほんとうにふたりは親しい間柄なのか。また、よしんばいくら親しいとはいえ、大津屋とつるんで能登守様暗殺を企てるかどうか。その証はまったくありません。さらに言えば、後藤屋がそのことで嘘をついているかもしれません」

「しかし、そのほうは川村伊右衛門を疑っている」

「仮に、川村さまがそうだったとしても、川村さま以外に真の黒幕が存在するかもしれません」

「川村伊右衛門を問い詰めることも無理か」

「無理です」

「では、どうしようもないということか」

忠四郎はいらだったように言う。

「残念ながら、証がありません」

「証か」

忠四郎は顎に手を当てて呟く。

「忠四郎さま」

栄次郎は声を改めた。

「なんだ?」

「以前にもお訊ねしましたが、能登守さま暗殺を疑い、動いているのは私だけです。

したがって、私さえいなければ、能登守さま暗殺はうまくいくでしょう。そうなれば、あなたは能登守として生まれ変わることが出来ます。あなたにとっては、今はまたとない好機。そう思いませんか」

忠四郎は眦を吊り上げ、

「俺にはそんな気はないと言ったはずだ」

と、怒鳴った。

「兄を殺してまで、能登守になろうとは思わぬ。そんなことをするぐらいなら、影のまま生きていたほうが楽だ」

「失礼しました。お許しください」

「いや」

忠四郎は大声を張り上げたことを恥じたようにうつむいた。

「俺は……」

忠四郎は一拍の間を置いて、

「もはや、何があろうと能登守にはなれぬ。影のまま、死んで行くだけだ」

と、悲痛な声で言った。

さっきまでの激しさは消え、消沈した姿に変わっていた。かなり情緒が不安定になっている。そんな忠四郎に、栄次郎は不安を覚えた。
庭から急に蟬の鳴き声が聞こえた。

第三章　脱け殻

一

朝から雨が降っていた。寺の庭園の朝顔が雨に打たれながら美しい姿を保っている。きょうは暑さから解き放されそうだ。

文兵衛は湯呑みを置いてから、

「さて、水島どのにお会いしてきたことを話そう」

と、切り出した。

「はっ」

栄次郎は畏《かしこ》まった。

ゆうべ屋敷に、文兵衛から使いが来て、会いたいと言ってきたのだ。それで、今朝、雨の中を小石川片町にあるいつもの寺にやって来た。

「わしが、双子の弟のことを言うと、水島どのは驚愕しておられた。だが、能登守どの暗殺未遂のことを口にすると、静かに頷かれた。暗殺未遂のことを知っていた」

「はい。忠四郎さまがお話しされたそうです」

栄次郎は答える。

「そうだそうだな。忠四郎どのは、自分のために暗殺を企てている者がいるのではないかと狼狽していたそうだ。だが、違うと仰った」

文兵衛は庭に目をやり、すぐに戻して続けた。

「水島どのは、能登守どの暗殺未遂を聞いて、やはり、忠四郎どのを担ぎ出そうとする者の仕業ではないかと考えたらしい。だが、水島どのはそのような人物は思い浮かばなかったそうだ。つまり」

文兵衛はやや身を乗り出し、

「双子の弟のことを知っているのは数限られている。筒井家でいえば、ご生母とお産に立ち合った数人の腰元。そして、江戸家老上月伊織どのと近習の侍。だが、それらの者には、上月どのは赤子を始末したと伝えたそうだ。だが、実際は、上月どのの考えで、水島家に引き取られた。つまり、双子の弟が生きていることを知っているのは上月どのだけだと言う」

「腰元や近習の侍の中に、生存を信じている者がいたことは？」

「みな、上月どのが信頼を寄せている者ばかりで、まずその恐れはないという」

「そうですか」

「つまり、こういうことだ。能登守どの暗殺は双子の弟の存在など無関係に行なわれた。そういうことになる」

「無関係？」

「そうだ。双子の弟がいたから能登守どのを暗殺しようとしたのではないということだ」

「そうですね。もし、忠四郎さまを利用しようとする人間がいるなら、忠四郎さまの周辺にそのような人物がいなければなりません。それらしき人物はいません」

「そうだ。つまり、能登守どの暗殺を考える場合には双子の存在を忘れてかからねばならぬ」

「何が筒井家で起こっているのでしょうか」

「きょう、水島どのは上月伊織どのと会って相談するそうだ。この時期に、水島どのが筒井家の上屋敷まで赴くのは差し障りがある。秘密裏に会うために、近くの料理屋で落ち合うと言っていたな」

「なんという料理屋ですか」

「神田明神境内だと言っていたが、名前は聞いていない」

乗物で行くのだろうから、行けばわかる。

「御前」

栄次郎は畳に手をついた。

「私も同席させていただけるようにお願いしていただけませんか。私もご家老にお会いして話を伺いたいのです」

「水島どのはあとで様子を知らせてくれることになっているが……」

「いえ、いろいろお訊ねしたいこともございます」

「栄次郎どの。深入りして、大事ないか」

「はい。忠四郎さまのためにも……」

「しかし、今からでは遅い」

「いえ、御前の名前を出すことをお許し願えれば十分です。御前の許しを得てやって来たと訴えることが出来ます」

「わかった。わしの名で役に立つなら使うがよい。それから」

言いよどんでから、文兵衛は続けた。

「場合によっては大御所の名を出してもよい。いつでも、名を使うようにと大御所さまから言われている」

「大御所さまから」

将軍家斉の実父である治済こそ、栄次郎の実の父親だった。旅芸人の胡蝶《こちょう》に産ませた子が栄次郎である。

「いたずらに権威を笠に着てはならぬと思い、今まで言わずにおいたが、今の栄次郎どのであれば心配はあるまい。いざというときにのみ、大御所の子であることを持ち出すがよい」

「はっ」

栄次郎は思わず低頭した。

「昼過ぎに予定していると聞いた。今から出かけたほうがいい」

「では、失礼いたします」

栄次郎は挨拶をして立ち上がった。

本郷通りをひた走り、神田明神にやって来た。

境内に入ったところで、

「栄次郎」

と、声をかけられた。

「忠四郎さま」

「どうしたんだ、こんなところに？」

「忠四郎さまこそ、どうしてここに？　ひょっとして、お養父さまのあとを？」

「そうだ。筒井家の江戸家老と会っている」

「私は、江戸家老の上月さまとお目通りを願いたくやって来ました」

「家老に？」

「そうです。じかに会って、御家で何が起こっているのかをお訊ねしたいのです」

「しかし、そなたのような者に会ってくれるか」

「だいじょうぶかと思います。忠四郎さまもごいっしょしますか」

「まさか」

「行きましょう。料理屋に案内していただけますか」

勢いに押されたように、忠四郎は先頭に立った。

黒板塀の料理屋に入り、出て来た女将らしき小太りの女に、

「矢内栄次郎と申します。水島さまのお部屋にご案内願えませぬか」

「ただいま、きいてまいります」

「女将。それには及ばぬ」

忠四郎が栄次郎の背後から顔を出した。

「まあ、忠四郎さま」

「俺がいっしょだ。だいじょうぶ」

「でも、大事なお話があるから誰も入れるなと」

「部屋を教えてもらえればよい」

女将は迷っていたが、

「わかりました。どうぞ」

と、上がるように勧めた。

女将の案内で、渡り廊下を伝った奥の部屋に向かった。そこは一部屋だけ離れていて、密談にはうってつけのようだった。

「失礼いたします。お連れさまがいらっしゃいました」

女将が声をかけ、戸を開けた。

まず、忠四郎が入り、栄次郎は続いた。

上座に五十年配の厳《いか》めしい顔の武士が座っていた。肩幅が広く、胸を張っているので、いささか傲岸《ごうがん》そうに見えたが、闖入者《ちんにゅうしゃ》に警戒して身構えているのかもしれなかった。

「これは忠四郎どの」

武士が目を細めた。

「ご無沙汰しております」

忠四郎は頭を下げた。

「忠四郎。これはなんとしたことか」

下座にいた老人が叱るように言った。

「父上。お許しください」

忠四郎が謝るのを待って、栄次郎は前に出た。

「私は忠四郎さまの友人で、矢内栄次郎と申します。どうしても上月さまにお会いしたくて、押しかけました」

栄次郎は忠四郎の養父に向かい、

「私は岩井文兵衛さまに親しくさせていただいている者でございます」

と、挨拶する。

「おう、あなたさまが栄次郎さま」

忠四郎の養父が居住まいを正したので、栄次郎は当惑した。

「上月さま。先程、お話しした岩井さまの……」

「おう、そうであったか」

上月伊織も居住まいを正したので、忠四郎が驚いた。

「栄次郎。どういうことだ？」

「忠四郎。おまえはこのお方をご存じないのか」

養父がたしなめるように言う。

「知っています。矢内栄次郎です」

忠四郎は戸惑いぎみに答える。

「この方は大御所さまのご落胤《らくいん》であられる」

「なんですって」

忠四郎はぽかんとして、栄次郎を見た。

そうか、文兵衛が話していたのだ。忠四郎の境遇と似ていることで、栄次郎の話になったのかもしれない。

「いえ。そんなことは今の私には関わりないことですので」

栄次郎は断り、

「突然、お邪魔して申し訳ありません」

と、改めて挨拶をした。

「いや、江戸家老の上月伊織でござる。忠四郎さまもお久しゅうございます」

上月伊織が頭を下げた。

栄次郎と忠四郎は並んで座った。

栄次郎と顔を見合せてから、

「父上。ご家老とはどのような話を?」

と、忠四郎が切り出した。

「わしから話そう」

上月伊織が口を開く。

「筒井家の内実でござる。近年、能登守さまには能楽、舞踊、芝居、茶の湯と、その方面にばかり夢中になり、藩政をないがしろにしているとの批判が家中の者から出ておりました。国許でも、城内に旅芸人を招き入れ、日夜芝居見物だとか。とくに、江戸での散財がはなはだしく、国許からも苦情の出る始末」

上月伊織は厳しい顔で続ける。

「これはわしから見ても困ったことでござった。殿には何度か注意を申し上げた。なれど、聞く耳をもたない。最近、殿への不満を漏らす者が多くなっていた」

「そのようは不満を持つ者が兄上に毒を？」

忠四郎が口をはさんだ。

「そうとは言いきれぬ。だが、そう考えるほうが自然かもしれぬ」

「上月さまのお言葉も耳に入らぬとは、重症でございます」

忠四郎の養父が口にした。

「能登守さまがそのような道楽に凝りはじめたのはいつごろからでございましょうか」

栄次郎がきいた。

「三年前からだ」

「三年ですか。その頃、能登守さまに何かあったのでしょうか」

「いや、思い当たる節はない」

伊織は首を横に振った。

「過日、舞踊観劇の折りの容体の変化は、やはり毒を盛られたのでございますね」

栄次郎はいよいよ核心に触れた。

「さよう。毒を呑まれた。一口含んで、苦い味にすぐ吐き出したそうでござる。だから、一命をとりとめたが、いっきに呑んでいたら命は危なかったと医師は話していた」

「あのとき、私は能登守さまの背後に近付いた女中を見ておりました。その者の詮議はいかがなりましたか」

「家臣のひとりが去って行く女中を見ておりましたが、顔を見ていないので、女中の特定が出来なかった」

「その日、呉服問屋『大津屋』から女中が手伝いに上がっていたそうですね」

「うむ。そうだ」

「なぜ、『大津屋』から女中が手伝いに上がっていたのですか」

「殿のご意向で、家中の奉公人もなるたけ全員、踊りを見せてやりたいとの思いから、酒の支度は外からの手伝いにやらせることになった」

「その外からの女中が毒を盛ったとはお考えに？」

「そうであろう。だが、毒入れは家中の者が命じたのであろうことは間違いない。さきほども申したように、毒を呑ませようとした者も御家を思ってのこと。このままでは、筒井家は傾いてしまう。そういう危機感から殿暗殺を企てたとしか考えられぬ。

世間に不祥事が明るみに出ないためにも、深い追及はしなかった」

「では、あの暗殺未遂はうやむやに」

「さよう」

「それでは、また同じようなことが起こる恐れはありませんか」

「そのことは厳重に取り締まる」

「ほんとうに、能登守さまへの不満を口にする者が毒殺を企てたのでございましょうか」

栄次郎は疑問を口にした。

「何か、疑問でも？」

「はい。呉服問屋『大津屋』は能登守さまが家督を継がれてから、御用達から外されたと聞きました。現在は『後藤屋』が入り込んでいるそうですね」

「そうだ。ある不祥事があって、大津屋を切った」

「でも、いつか復帰しようと、何か行事があれば女中を手伝いに行かせている。そういうことですか」

「そうだ」

「でも、能登守さまが藩主であられる間は、『大津屋』に復帰の目はないのでしょうね」

「…………」

伊織の目が鈍く光った。

「栄次郎さまは、『大津屋』が絡んでいると？」

「はい。大津屋と能登守さまを排除したい者が結託して暗殺を企てたのではないかと思っています」

「うむ」

伊織は唸った。

「上月さま。仮に、能登守さまが万が一のとき、どなたがあとを継がれるのでしょうか。いえ、忠四郎さんの存在を知らない人間は、誰だと思っているのでしょうか」

「能登守さまには弟ぎみがいらっしゃる。側室の子の忠友《ただとも》さま、今二十二歳でいらっしゃる」

「では、能登守さまのあとは忠友さまが……」

「ですが、能登守さまの奥方にご懐妊の兆しがあります。もし、男の子が誕生すれば、当然、その子が世継ぎということになります」

「上月さま」

栄次郎は声をひそめてきく。

「忠友さまを擁立したいという動きはあるのでしょうか」

「…………」

「あるはい忠友さまを擁立したいという者と、能登守さまを排除したという者が結託するようなことは？」

「さあ、そこまで考えたことはなかったが」

伊織は困惑したように答える。

「先代の側室、忠友さまの母君はどこのお方ですか」

「母君？」

伊織は表情を曇らせた。

「何か」

「いや」

「母君の出は？」

「ある有力大名の所縁《ゆかり》の女性でござる」

「では、血筋からも、忠友さま擁立には……」

「待て。そのようなことはありえない。ばかげた話だ」

伊織は吐き捨てるように言う。

「御留守居役の川村伊右衛門どののはどのようなお方ですか」

栄次郎は質問を変えた。

「なかなか如才のない男です。その者が何か」

「大津屋と親しいとお伺いしましたので」

「…………」

伊織はまたもはっとしたような顔をしたが、

「栄次郎どのは、なぜ我が筒井家のことにそれほどご熱心になられるのですか」

と、逆にきいた。

「私の目の前で毒殺未遂が起こったことと、忠四郎さまと知り合いになったことも、そうです。それから……」

栄次郎は言いよどんだが、意を決したように切り出した。

「我が父は私が小禄の矢内家の部屋住でいることを不憫に思われ、あとを継ぐことに定まっていた者を押し退け、私をある大藩の藩主につけようとしました。その際、私を邪魔に思った者たちが私を抹殺しようとしました」

大御所の治済は栄次郎に尾張六十二万石を継がせようとした。それまでは治済は孫にあたる斉朝《なりとも》を尾張藩主徳川宗睦《むねちか》の養子に決めていた。それを突然、翻したのだ。栄次郎を一橋家に養子に入れ、それから一橋家の人間として尾張家に行く。そういう算段をした。

「それで、藩主の座を諦めたのか」

忠四郎がきいた。

「いえ、私はお断りをしました。大藩の藩主の座より市井の片隅で三味線弾きとして生きて行く道を選んだのです」

「なんと」

忠四郎が呆れ返った。

「私のことはともかく、とかく跡継ぎ問題は血で血を洗うようなことになりかねません。知った以上は見捨ててはおけないのです。私を育ててくれた矢内の父は困っている人間を見ると放ってはおけない性分でした。私も、父のお節介病が移ってしまったようです」

「栄次郎どの」

伊織が口調を改めた。

「私からもお願い申す。殿をお守りすることに手を貸していただきたい。忠四郎どのも、お願いいたす。ただ、このような騒動があったことが外に漏れ、幕閣に知られることとなると御家の大事にならざるを得ません。そのことを、お含みくださいますよう」

伊織は頭を下げた。

「お顔をお上げください」

栄次郎はあわてて言った。

「承知いたしました。必ず、忠四郎さまとともに、事を未然に防ぎます」

「上月さま。ひとつ、お願いがございます」

「なんなりと」

「私の親しくしている新八という者がおります。この者は御徒目付の密偵を働くほどの者にございます。今後、この者を介して上月さまとやりとりをしたいと思います。この者が勝手にお屋敷に忍び込むことをお許しください」

「新八とな。わかった。では、今後その者と連絡をとりあおう」

伊織は頭を下げた。

「栄次郎どの。よろしくお頼み申す」

忠四郎の養父も頭を下げた。

「はい。忠四郎さまとともに必ずや」

栄次郎は応じる。

「忠四郎。兄上のために、身命を賭しまする」

「忠四郎。頼んだぞ」

「よくぞ、申してくれた」

養父は痛ましそうな目を忠四郎に向けた。影として生きてきた苦しみを目の当《ま》たりにしてきた養父にとって、最後まで影に徹するように強《し》いることに胸が潰れそうになったのかもしれない。

「では、我らは、これにて」

忠四郎が言い、栄次郎もともどもふたりに挨拶をして、座敷から引き上げた。

二

神田明神の境内を出て、昌平橋の袂までやって来たときに、いきなり忠四郎が立ち止まった。

「どうしました?」

栄次郎は訝《いぶか》ってきく。

「栄次郎どの。すまぬ」

忠四郎が謝った。

「どうしたんですか。唐突に」

「栄次郎どのがそのようなお方とは露知らず、今まで呼び捨てにしていました」

「さっきの話は昔のことで、今の私は御家人の部屋住でしかありません。そうぞ、今までどおり、呼び捨てにしてください」

「そうはいかぬ。大御所さまの……」

「忠四郎さま。それは昔のこと」

「待て。その忠四郎さまはやめてくれ。恐れ多い。そうだ、俺も今までどおり呼び捨てにするから、そなたも俺を呼び捨てにしてくれ」

「忠四郎さまを呼び捨てには出来ません。では、こうしましょう。私は忠四郎さんと呼びますから、忠四郎さんは今までとおり呼び捨てに」

栄次郎が思いついたことを言うと、少しはにかんだように鼻の頭をかいていたが、急に笑みを浮かべ、

「わかった。そうしよう。でも、ほんとうにそれでいいのか」

と、真顔になった。

「ええ、それでお願いします」

「わかった」

「それより、能登守さまの行状をどう思われます？」

「どうと言うと？」

「藩政を顧みず、道楽に耽っていることです」

「藩主だから何をしてもいいと思っているのであろう。思い上がっているのかもしれぬ」

「が、その不満が高じて今回のようなことになってしまったのです」

「…………」

「能登守さまをお叱りするお方はいないのでしょうか。上月さまの言うことをきかないのでしょうか。ひょっとして、道楽に逃げているのではないかと思ったのですが」

「道楽に逃げる？」

「ええ。そんな気が……」

「どうして、そうなったと思うのだ？」

「まだ、わかりません。ただ、能登守さまに何かあったのではないかと」

「何かとはなんだ？」

焦《じ》れたように、忠四郎はきく。しかし、栄次郎は口に出せるほど思いついたことには自信がなかった。

これから深川の巳代治のところに顔を出すという忠四郎と別れ、栄次郎は明神下に向かった。

だが、新八は留守だったので、それから浅草黒船町に向かった。

御成道に差しかかったとき、ちょうど手下といっしょに歩いて来た磯平とばったり会った。

「矢内さま。ちょうど、よいところに」

磯平が飛んで来た。

「じつは、吉松のことで」

と、磯平は声をひそめた。

「何か」

「吉松は筒井家に奉公していた事実はありませんでした」

「やはり、そうでしたか」

上月伊織は中間《ちゅうげん》のことまで知らないだろうと思って吉松のことをきかなかったが、

もとより栄次郎は筒井家に奉公をしているとは思っていなかった。

それが、磯平の調べではっきりした。

「でも、武家屋敷に中間として奉公していたことは間違いありませんでした」

「そうですか。ちなみにどちらですか」

「老中野田陸奥守《のだむつのかみ》さまのお屋敷です」

「老中野田陸奥守さま？」

「ええ、築地近くの口入れ屋を聞きまわっていて、吉松のことを知ったのです。近くの旗本屋敷の中間部屋で開かれる賭場に出入りをして、ひと月ほど前に辞めさせられていたようです」

近くにひとが通ったので、磯平は口を閉ざした。行きすぎてから、続けた。

「それから吉松が死んだ日の夜五つ半（午後九時）頃、谷中の天王寺裏にある料理屋の客が数人の男が首吊りのあったほうに歩いて行くのを見てました」

「どんな感じの男かはわからないのですか」

「遊び人ふうだったというだけで。なにしろ、暗くて遠かったそうなので。ですから、その中に、吉松がいたかどうかもわかりません」

「磯平親分、だいじょうぶですか。同心の旦那に睨まれませんか」

栄次郎は心配してきく。

「わからないようにうまくやってます。それに、最近はややこしい事件は起きてないので、助かってます。あっしとしても、このままじゃ腹の虫が治まりませんからね。おとよの素性も合間を見て調べています」

「そうですか。助かります」

「じゃあ。また、何かわかったらお知らせにあがります」

磯平と別れ、改めて浅草黒船町に急いだ。

お秋の家の二階で三味線の稽古をしていると、お秋が上がって来た。

「栄次郎さん。ちょっと」

お秋が小声で障子を開けた。

「何か」

栄次郎はいつになくおどおどした態度を訝った。

「栄次郎さんがいるかと、おっかない顔をした男が来ているんです。ならず者ですよ。どうしましょうか。いないと言って、追い払いましょうか」

「ならず者?」

この家に訪ねて来るならず者といえば……。

栄次郎は立ち上がった。

「心配いりませんよ」

階下に行くと、土間に立っていたのは、やはり八幡鐘の銀次だった。

「やはり、あなたでしたか」

「あっ。すいやせん。押しかけて」

「いえ」

「安吉をとっつかまえて聞き出したので、お知らせに」

「それはそれは……」

「安吉は冨五郎《とみごろう》という三十ぐらいの男から水島忠四郎を行きずりの喧嘩を装い、始末するか、大怪我をさせるように、前金一両で頼まれたそうです。うまくいけば、あと五両もらえると言ってました」

「あの浪人たちは？」

「安吉が探し出した浪人だそうです。うまくいけば、ひとり頭一両。それらは冨五郎が用立てるということです」

「冨五郎について何か」

「安吉も詳しいことは知らないようです。中肉中背で、商人ふうだったと言います」

「商人ですか」

「へえ、それだけです。また、何かわかったらお知らせにあがります」

「すみません」

「いえ。じゃあ。内儀さん、お邪魔しやした」

銀次は引き上げた。

「そんな悪いひとじゃなかったのね」

お秋が戸口に目をやりながらほっとしたように、

「真に悪い人間はいないのかも」

「そう願いたいですね」

悪い人間でなくとも、己の欲望のおもむくまま、他人を害してしまう。そういう人間の性《さが》が悲しいのだと、栄次郎はため息をつく。

栄次郎が二階に上がってしばらくして、新八がやって来た。

「お稽古の邪魔をして、すみません」

「いえ、どうぞ」

栄次郎は三味線を脇に置いた。

「じつは、あれから大津屋のあとをつけていたんですが、きのうは深川仲町《なかちょう》の料理屋『平《ひら》せい』に行きました」

「深川の『平せい』ですか」

一瞬、芸者の巳代治の顔が脳裏を掠めた。

「誰と会ったかわかりますか」

「わかりません。突き止めようとしたんですが」

そう言ったあとで、新八は思い出したように、

「その『平せい』に数人の武士が集まっていました。各藩の留守居役だそうです」

「留守居役？」

「ええ、ときたま寄合を開いているそうです。残念ながら、その中には筒井家の留守居役はいなかったようです」

「留守居役ですか」

留守居役は他藩との情報交換、幕府などの方針を調べ、自分の藩が不利にならないように動きまわる。

そのためにたえず、他藩の留守居役と頻繁に会い、新しい内容を常に頭に入れておかねばならないのだ。

「留守居役はしょっちゅう、料理屋に集まっているんですね」

栄次郎は筒井家留守居役川村伊右衛門も深川には足を運んでいるのだろうと思った。だとしたら、巳代治も顔を合わせたことがあるのかもしれない。そう思った。

「明日も、大津屋を尾行し、誰と会うのか確かめます」

「新八さん。きょう、筒井家江戸家老の上月伊織さまにお会いしました」

栄次郎はその経緯を語ってから、

「今後、新八さんを通じて上月さまとのやりとりすることにしました。勝手に決めてしまいましたが、お願い出来ますか」

「もちろんです。でも、能登守さまは道楽に耽っているのは問題ですね。それによって、御家騒動が勃発しかねないのですから」

「ええ。暗殺未遂の黒幕を探すより、かえって難しいかもしれません。しかし、まずは暗殺未遂の黒幕を探り出さねばなりませぬ」

「では。これから、大津屋に行ってきます」

そう言い新八は立ち上がった。

ひとりになり、やっと三味線の稽古をはじめた。

夢中で弾いているうちに、部屋の中が薄暗くなった。お秋が行灯の火を入れに来た。

「今夜、旦那が来ます。つきあってくださいな。なんだかんだといって、旦那は栄次郎さんと呑みたいんですよ」

お秋は白い歯を見せて部屋を出て行った。

夜になって、栄次郎は崎田孫兵衛と酒を呑みはじめた。

「旦那、着物、もうじき出来ます」

肴を持って来たお秋が言う。

「着物？」

孫兵衛はなみなみ注いだ湯呑みの酒をこぼしそうになった。

「旦那、濡れませんでしたか」

「大事ない」

大津屋の賄賂の一環なので、孫兵衛は栄次郎の手前、その話題にふれないようにした。

「この肴、うまいな」

「着物ですよ」

「わかった」

「なんですか、着物って」

栄次郎はとぼけてきく。

「旦那が着物を作ってくれたんです」

「そうそう、栄次郎どの。そなたの三味線をじっくりききたいと思っていたのだ。どうだ、聞かせてくれぬか」

孫兵衛が強引に話題を移した。

「ここで、ですか」

「どうだ、お秋もききたいだろう」

「私は、いつも聞いていますから」

「崎田さまも料理屋に行かれるのでしょう」

「うむ」

「そういうときは芸者をあげて?」

「まあな」

「筒井家の留守居役の川村伊右衛門さまをご存知ですか」

「筒井家の?」

「はい。お座敷でいっしょになったことはございますか」

「ある、それがどうした？」

不審そうな顔できく。

「川村さまも唄ったりなさるんでしょうね」

「ああ、達者だ。端唄を唄う。よい声でな。留守居役というのは呑んで、遊ぶことが仕事だ。ほんとうにいい身分だ」

「深川仲町の『平せい』という料理屋に入ったことはございますか」

「『平せい』なら何度か行った」

孫兵衛は不審の色を浮かべ、

「何だ、なんでそんなことをきくのだ？」

「たいした意味はありません」

「とぼけなるな」

いきなり、孫兵衛が声を張り上げた。

「旦那、どうかしたんですか」

お秋が飛んで来た。

「いや、なんでもない」

やはり、筒井家のことで引っかかったようだ。こうやっていらだつのは、後ろめたいことがあるからだろう。

「栄次郎どの。岡っ引きの磯平によけいなことを吹き込んでいるんではあるまいな」

孫兵衛は睨みつける。

「よけいなこと、ですか」

栄次郎は用心深くきき返す。

「そうだ。どうだ?」

「たとえば、どのようなことでしょう?」

「すでに片がついたものをほじくりまわす」

「待ってください。磯平親分が何をしていると言うのですか」

「首をくくった吉松のことを、磯平がいまだにかぎまわっているそうではないか。そなたが、入れ知恵をしない限り、磯平がそんな真似をするはずがない」

「どうして、磯平親分が吉松のことを調べていると思うのですか」

「吉松のことで、磯平はこともあろうに老中野田陸奥守のお屋敷に行き、中間に吉松のことを聞きまわっていたそうだ」

「信じられません」

栄次郎はとぼけた。

「いったい、誰がそんないい加減なことを……」

「いいか。いったんけりがついたものを勝手にほじくりまわすのは奉行所の裁定にけちをつけることだ。これ以上、磯平が勝手な真似をするなら、手札をとり上げる」

「手札は同心の旦那が自分の思惑で与えているのではありませんか」

「その同心の責任問題に発展するとしたら、当然手札を取りあげるであろう」

栄次郎は呆れ返った。

野田陸奥守の家中の者が、誰かに告げ、そのことを孫兵衛に伝えたのに違いない。誰かとは大津屋ではないか。

「孫兵衛さま」

栄次郎はあることに気づいて、

「ひょっとして、野田陸奥守の親族の女性が、筒井家の先代藩主の側室になられているのではありませんか」

上月伊織は、有力大名の所縁《ゆかり》の女性が筒井家の先代藩主の側室になったと言っていた。

「いかがですか」

「うむ。そういう話を聞いたことがある」

やや投げやりな気持ちで言ってから、孫兵衛は小首を傾げた。今のことが持つ意味を考えているようだった。

栄次郎もまた、野田陸奥守の筒井家とのつながりを考えざるを得なかった。

三

その夜、屋敷に帰ると、兄に呼ばれ、部屋に行った。

「ちょっと待ってくれ」

兄は文机に向かって書きものをしていた。組頭に上げる報告書のようだった。

栄次郎は兄の横顔を見た。ますます、亡き父に似てきた。いつも厳しい顔をし、軽口さえも言わない。第一、笑わない。歯茎を見せることは、武士の恥であるとさえ思っているようだ。

長い間、栄次郎はそう信じてきた。しかし、『一よし』での兄の様子に驚嘆した。女たちを集め、滑稽な話と仕種で笑わせていたのだ。たまたま、『一よし』に顔を出した栄次郎は女たちが笑い転げていて、その中心に兄がいたのを見て、はじめて兄のほんとうの姿に接した思いがした。

兄は長兄という立場を常に意識して振る舞っていたのであり、『一よし』ではそういう鎧《よろい》を脱いで、素の自分をさらけ出していた。

ふだん、兄は自分を殺しているのだと思った。直参として矜持《きょうじ》を保つことがなにより大切と教え込まれて育ってきた。自分自身を殺し、矢内家の長男として恥じない生き方を心がけてきた。

だが、『一よし』では一切《いっさい》のしがらみから解き放たれ、自由になれたのだ。そんな兄を好ましく思った。

だが、こうして厳しい顔で文机に向かっている姿を見ると、これは決して役目だからやっているのではなく、やはりこれも兄のほんとうの姿なのだと思った。

『一よし』での兄も、役目に励む兄も、ひとりの中に存在するのだ。

兄のそんな姿を見るにつけ、矢内の父のことも想像する。やはり、父ももうひとつの一面があったのではないか。

岩井文兵衛は芸者の三味線で端唄を唄う粋な男だ。文兵衛と親しくしていた父もまた、ときには芸者の糸で端唄を唄ったりしていたのかもしれない。そうであっても、母はそんな父の一面を知らなかったであろう。

そんなことを考えていると、兄が机の上を片づけて腰を上げた。栄次郎は居住まいを正した。

「俺の顔に何かついていたか」

兄がいきなり言った。

「えっ?」

「視線を感じていた」

「失礼しました」

栄次郎はあわてて言った。

「いや、謝らずともよい」

「兄上を見ていたら、父上を思い出しました」

「父上か」

兄は目を細めた。

「父上は謹厳実直なお方でございました。でも、ほんとうに堅物だったのかと思ったものですから」

「そうよな。じつは、俺もそう思うようになってきた。我らの知らない面があったのではないかとな」

「兄上も、そのように?」

栄次郎は不思議に思ってきく。

「うむ。自分のことを考えてそう思う。そなたも、俺を見ていて、そう考えたのではないか」

「は、はい」

兄はお見通しだった。

「なんだ、ほんとうにそうなのか」

「すみません」

「謝るな。確かに、そのとおりだ。じつは、俺は『一よし』で自分の違う面を見出した。だが、俺が本来持っていた部分でもあろう。父もそうだったのだと思い、いつぞや岩井さまに訊ねたことがある」

「えっ、父上のことをですか」

「そうだ。そしたら、父上は岩井さまといっしょにお座敷でよく遊んだそうだ。岩井さまは仰っていた。父はなかなかの遊び人だったそうだ」

「父上が……」

「しっ。このことは母上に内緒だ。いくら、あの世に行ったとはいえ、母には生々しすぎることに違いないからな」

「はい」

「俺は、そのことを聞いて安心した。いつも厳めしい顔をしていた父が芸者の三味線で端唄を唄っている姿を想像して、うれしくなった」

「私もです」

「俺たちが噂をしているのを、あの世から苦笑して見ているに違いない」

兄は苦笑した。

「せめて、私の糸で唄っていただきたかったと思います」

「そうよな」

兄もしんみりした。

栄次郎にとっては矢内の父こそほんとうの父親であり、自分は矢内の家の子だと思っている。

「しめっぽくなった」

兄がうつむき目を閉じた。

「はい」

しばらく、父に思いを馳せてから、

「兄上。私に何か」

と、気を取り直してきいた。

「うむ」

兄は父への思いを振り切るように大きく呼吸をしてから、

「五百石の旗本水島家と十万石の大名筒井家とは浅からぬ因縁で結ばれている。関ヶ原の戦いの折りに遡《さかのぼ》るそうだ」

と、切り出した。

「そのことは、忠四郎どのからお聞きしました」

栄次郎は口をはさんだ。

「なに、聞いていた？　そうか、知っていたか」

兄はがっかりしたように言う。

「すみません。兄上にお願いしたときは、まだ忠四郎どのとは打ち解けていませんでしたので」

「では、忠四郎どのが御家人の子ではなく、筒井能登守さまの双子の弟だという噂があることも知っているのだな」

「はい」

「そうか。知っていたのか」

もう一度、兄は同じ言葉を繰り返した。

だが、栄次郎は引っかかった。

「兄上。今のお話はどなたからおききになったのですか」

「うむ?」

「忠四郎どのが筒井能登守さまの双子の弟だという噂です」

この事実を知っているのは数限られているはずだ。どこから、そのような話が出たのか、栄次郎は身を乗り出すようにして兄を見つめた。

「言えぬ」

「なぜでございますか」

「俺に秘密を漏らした者に迷惑がかかろう」

「どんな迷惑ですか」

「どんな……」

「私はもうその噂を知っているのです。そのことをお話しになったお方の名を知っても、そのお方にはなんの影響もないはずです。兄上、ぜひ」

栄次郎は迫った。

「栄次郎。俺を困らせるな」

突き放すように言ってから、

「俺は御徒目付だ」

と、当たり前のことを言った。

「御徒目付は旗本以下を監視する者だ。奉行所とも縁がある」

なぜ、そんなことを言いだしたのか。栄次郎は不審に思った。

「そなたは、忠四郎どののことを知るために御徒目付の俺に頼んだ。そういうことだ」

謎をかけているのか。

「ひょっとして、お仲間から聞いたのでは？　同じ御徒目付からきいたのですね。その御徒目付は誰かから頼まれて水島家を調べた。そうですね。誰が頼んだのか」

栄次郎はあっと声を上げた。

「奉行所の誰かでは？」

栄次郎は頭を回転させる。

「栄次郎。それ以上は俺にはわからぬ」

暗に、それまでは栄次郎の想像どおりだと言っているのだ。だが、ここまででも大きな手掛かりだった。

「兄上。ありがとうございました。大いに参考になりました」

「そうか」

はじめて、兄はにっこりと笑った。


その夜、ふとんに横たわっても、さっきのことを考え続けた。

朋輩《ほうばい》の御徒目付が水島忠四郎のことを調べたのだ。問題はなぜ、調べたのか。誰かから頼まれたのだ。

兄がわざわざ、奉行所と縁があると言ったのは、奉行所の人間から頼まれたという意味だ。

奉行所の人間がなぜ、水島忠四郎を調べなければならないのか。罪を犯したからか。しかし、忠四郎はそんなことはしていない。

では、なぜ罪もない水島忠四郎を調べなければならなかったのか。筒井能登守と似ている侍がいたからではないか。

奉行所の与力・同心の中に筒井能登守を知っている者がいたのだろうか。その者がたまたま外で忠四郎を見掛けた。それで知り合いの御徒目付に調べさせた。

奉行所には御徒目付が折節、出張《でば》って行き、与力などの不正を取り締まっている。

したがって、与力が旗本の子弟を調べるのに顔見知りの御徒目付に頼むことは考えられないことではない。

しかし、与力が忠四郎に関心を持つとは思えない。だとしたら、奉行所外の者が親しい与力に依頼したと考えたほうが自然かもしれない。

ぼやけていた風景が徐々に鮮明になっていくのを感じたが、まだそこに登場する人物の顔は黒く塗りつぶされている。

崎田孫兵衛にきけば、何かわかるかもしれない。いや、孫兵衛自身が誰かに頼まれ、御徒目付に依頼したとも考えられる。

孫兵衛に依頼したとすれば、まっさきに思いつくのは大津屋だ。

大津屋は深川の料理屋の行き帰りに、忠四郎を見掛けた。能登守にあまりにも似ているのに驚き、孫兵衛に調べてもらった。

そうに違いない。だが、その証《あかし》が欲しかった。このことを、孫兵衛にぶつけても正直に答えてくれるかわからない。

やはり、すべての中心に大津屋がいる。今の考えが当たっているかどうか、ひとつひとつ、潰していくしかない。そう心が決まると、ようやく眠気が催してきた。

翌日は久し振りに吉右衛門師匠の家に稽古に行った。

早い時間を狙って行ったので、まだ他の弟子は来ていなかった。見台《けんだい》をはさんで、師匠と向かい合うなり、

「吉栄さん」

と、吉右衛門が口を開いた。

「じつは、深川の木場にある材木商『室田屋《むろたや》』で、市川咲之丞さんが急遽、踊ることになったそうです。屋敷を新築したお祝いだそうですが、そこには舞台も出来ているそうです。素人芝居を演じるそうですが、その前に、咲之丞さんが踊ることになり、地方を務めてもらいたいというのです。吉栄さん、出ていただけますか」

「はい。もちろんです。で、いつですか」

「それが急の話で、半月後」

「半月？」

「急な話です。あまり稽古をする時間もとれないので、この前と同じ演目をやることにしました」

「『京鹿子娘道成寺』ですね」

「そうです。それなら、当日までに一度合わせるだけで出来ます。なにしろ、咲之丞

さんもお忙しい方なので。では、よろしいですね」

「はい。畏まりました」

「では、きょうは『京鹿子娘道成寺』をお浚いいたしましょうか」

「お願いいたします」

その日、栄次郎は『京鹿子娘道成寺』を浚ったが、どうしても毬唄のところになると、能登守が苦しみだした姿が浮かんできた。

間《ま》が狂ったかと思ったが、弾き終えたあと、吉右衛門は、

「結構です」

と、答えた。

栄次郎は吉右衛門の家を出ると、深川に向かった。


およそ半刻（一時間）ほどで、栄次郎は巳代治の芸者屋にやって来た。

格子戸を開けて呼びかけると、仕込みっ子の娘が出て来て、栄次郎の顔を見てすぐに奥に引っ込んだ。

「おう、栄次郎どの」

忠四郎が出て来た。

「呼び捨てでいいですよ」

「そうはいかぬ。それより、何かあったのか」

「巳代治さんはいますか」

「巳代治は踊りの稽古に出かけている。まあ、上がれ」

忠四郎は自分の家のように言う。

「でも」

「構わぬ」

あまり広い家ではない。遠慮していると、

「さあ、上がれ」

と、忠四郎は催促した。

「では」

刀を腰から外して部屋に上がった。

居間に行くと、忠四郎は長火鉢の前に座った。旦那気取りだ。

「酒でも呑むか」

「いえ」

「遠慮するな」

「巳代治さんの留守に、酒など呑めません」

栄次郎はきっぱりと言う。

「そんな固いことを言うな。俺が呑もうと言いだしたんだ。気にする必要はない」

「忠四郎さん。ほんとうは巳代治さんがいっしょのときにお聞きしたかったのですが」

「なんだ？」

「忠四郎さんが巳代治さんと出会ったのはいつのことでしたか。確か、酔って道端で管を巻いている忠四郎さんに通りがかった巳代治さんが声をかけたのがはじまりだということでしたね。巳代治さんから、そう聞いています」

「そうだったな」

忠四郎は思い出すように目を細めた。

「それはいつ頃のことですか」

「三年、いや四年になるかな」

「四年ですか」

「それからは、ときたまここにお泊まりになるようになったのですね」

「そうだ」

「その頃、あなたは誰かに見られたのではないでしょうか」

「誰にだ？」

　忠四郎は眉根を寄せた。

「能登守さまをよくご存じの人間です。あまりに似ているので、あなたのことを調べさせたのです。そして、双子ではないかという疑いを持った……」

「つまり、敵は俺のことを知っているというのだな」

「そうです。敵にとってみれば、能登守さまの暗殺と同時にあなたも始末しなければ、思いが達せられなくなる」

「上月さまはこう仰った。もし、能登守さまに万が一のことがあれば、側室の子の忠友さまがあとを継ぐ。しかし、敵にしてみれば、能登守さまひとりを殺しても意味がない。あなたの存在を知った以上は、あなたまで始末するしかなかった」

「安吉が必要に狙ってきたのは、そのためか」

「そうです。今、銀次さんが安吉さんの口を割ろうとしてくれています」

「そうか」

「問題は、誰が見掛けたのかです。それがわかれば、芋づる式に、敵の姿が明らかになっていきましょう」

そう話したとき、格子戸の開く音が聞こえた。

「帰って来たようだ」

忠四郎は顔を上げた。

「ただいま。あら、栄次郎さん、いらっしゃい」

浴衣姿の巳代治が微笑んだ。白いうなじが眩しい。

「そなたにききたいことがあるそうだ。聞いてやってくれ」

「はい」

踊りで使う道具が入っているのか、風呂敷包みを住み込みの娘に渡してから、巳代治は忠四郎の隣りに座った。

忠四郎と顔を見合わせた。お互いに惚れあっているのだと思った。

四

蟬の鳴き声が弱々しい。まだ、暑いが、夏の盛りが過ぎたことを敏感に悟っているのかもしれない。

栄次郎はふたりを微笑ましい思いで見ていると、

「さあ、なんでしょうか」

と、巳代治は微笑んだ。

「はい」

栄次郎は居住まいを正して、

「下谷広小路にある呉服屋『大津屋』の主人をご存じではありませんか」

と、さっそく口を開いた。

「ええ、『大津屋』の旦那には贔屓にさせていただいています」

巳代治はあっさり答える。

「では、渋江藩筒井家の留守居役川村伊右衛門さまは？」

気負い込んだ。

「はい。寄合のときに何度か呼んでいただいています」

「そうですか」

栄次郎は想像が当たっていたことに興奮してきた。

「栄次郎、いや、栄次郎どの」

忠四郎が口をはさんだ。

「大津屋か川村伊右衛門が俺に気づいたってことか」

「そうです。おそらく、ふたりは忠四郎さんを見て、たいそう驚いたに違いありません。あまりに能登守さまに似ているからです。それで、大津屋は、南町奉行所の与力に忠四郎さんの調べを頼んだ。その与力は顔見知りの御徒目付に頼んだのです。もちろん、想像に過ぎませんが」

栄次郎は深呼吸をして気持ちを落ち着かせ、

「すでに、その頃には、能登守さま暗殺の企ては進んでいた。そこに、降って湧いたような双子の弟の登場。反能登守さま一派は困惑したに違いありません」

「うむ」

忠四郎が腕組みをして唸った。

「なぜ、水島家に預けられたか。能登守さまに万が一のことがあった場合に備えての身代わりになるべく役目を負っている。そう気づくのもわけありません。だとしたら、能登守さまの暗殺に成功しても、その死を隠蔽されてしまうかもしれない。あるいは、身代わりとして現れなくとも、弟として名乗り出て家督を継ぐようになるかもしれない。そこで、忠四郎さまも抹殺しなければならなくなった……」

「そういうことか」

忠四郎は腕組みを解き、

「今の話が間違っていないことを明らかには出来ぬのか」

「あくまでも想像に過ぎません。問い詰めても、しらを切られたら、それ以上は追及する術《すべ》はありません」

「奉行所の与力も仲間なのか」

「いえ、与力はただ、頼まれたから調べたに過ぎません。日頃、付け届けをもらっているので深くは考えずに引き受けたものと思われます」

「では、その与力を探し出せば、誰に頼まれたかは話してくれるか」

「想像がついています」

「それはほんとうか」

「はい。しかし、口止めされているでしょうから話してくれるとは思えません。でも、当たってみます」

「だが、簡単には答えてくれそうにもないな」

忠四郎は忌《い》ま忌ましそうに舌打ちした。

「他に、打つ手はあるのか」

「ひとつひとつ潰していきます。まず、大津屋と川村伊右衛門との結びつき。そして、野田陸奥守との繋がり。さらに、忠四郎さんを襲った安吉を操っている冨五郎という男がどこの人間か。それらを潰していけば、突破口が見出せると思います」

「よし、俺はその冨五郎を探す。『大津屋』の奉公人か、あるいは陸奥守の屋敷の者か。安吉に首実検をさせる」

「忠四郎さん。あなたは狙われていることを忘れないでください。敵の狙いは能登守さまとあなたです」

「わかっている。栄次郎」

また、呼び捨てになった。

「俺は今まで死んだような虚しい日々を過ごしてきた。だが、ここにきてはじめて俺は生きているという手応えを感じている」

忠四郎は燃えるような目をして意気込んだ。

そのことに栄次郎も気づいていた。最近の忠四郎は生気に満ちていた。明日があるとは思えない影として生きてきた男が、兄の危機を救おうとして立ち上がったのだ。

傍らで、巳代治が心配そうに見ていた。

「巳代治さん。心配はいりません。忠四郎さんはだいじょうぶです」

栄次郎は安心させるように言った。

夕方になって、栄次郎はお秋の家にやって来た。

「ずいぶん、遅かったんですね」

お秋が焦れたように言う。

きょうは二組も逢引き客が入っていた。早くに来ても、満足な稽古は出来なかったろうからよかったのかもしれない。

二階の部屋に入ったと同時に梯子段を上がって新八がやって来た。

「おや、きょうはお稽古は？」

三味線が袋に入ったままなのを見て、新八は不思議そうにきいた。

「じつは、今来たばかりです」

「そうでしたか」

新八は腰を下ろしてから、

「昨夜、大津屋は築地の野田陸奥守の屋敷を訪れました」

「そうですか。やはり、大津屋は野田陸奥守とも通じていましたか」

「屋根裏に忍び込んでやりとりを盗み聞きしましたが、肝心なところは声をひそめていたので聞き取れませんでした。ただ、茶の湯の話で声を潜めたので気になりました」

「茶の湯で？」

「なんで茶の湯で声をひそめたのか、気になりましてね」

新八は首を傾げた。

「茶の湯といえば……」

能登守は野田陸奥守に茶の湯に招かれている。

「もしや」

「栄次郎さん。何か」

「能登守さまは野田陸奥守に茶の湯に招かれているのです。その日時が迫っている。危険です。今夜、家老の上月さまに会って来てくださいませんか。出来ることなら、体調不良を口実に野田陸奥守さまの屋敷に行くことを控えるようにと」

「わかりました。さっそく」

「新八さん。明日の朝、長屋に寄ります」

「わかりやした」

新八はあわただしく引き上げて行った。

夜になって、孫兵衛がやって来た。

最近、なんとなくしっくりいかないので、孫兵衛もどこかよそよそしい。だが、栄次郎はどうしてもききたいことだった。

あまり酒を呑まないうちにと、栄次郎は湯呑みに酒を半分残したまま口を開いた。

「崎田さま」

「うむ？」

孫兵衛は眉根を寄せた。

「ちょっとお訊ねしてよろしいでしょうか」

「なんだ？」

面倒くさそうに、孫兵衛は言う。

「崎田さまは、水島忠四郎というひとをご存じですか」

「水島忠四郎？」

湯呑みを持ったまま、孫兵衛は首を横に振る。

「知らぬな」

「大津屋か筒井家留守居役の川村さまから調べるように頼まれませんでしたか」

「なに」

孫兵衛の目が鈍く光った。

「水島忠四郎は旗本の子息なので、御徒目付に調べを頼んだ」

「な、なんの話だ」

孫兵衛はうろたえたように怒った。孫兵衛がうろたえたのは謝礼をたんまり手に入れた負い目があるからだろう。

「どうなんですか」

「知らぬ。いちいち、そんなくだらぬ問いに答えられるか」

孫兵衛は大声を張り上げた。

お秋が心配そうに顔を出した。

「ちょっと崎田さまの弱いところをついてしまいました。でも、心配いりません。これ以上、怒るようなことはお訊ねしません」

「わしは何もやましいことなどない」

孫兵衛は頬を震わせた。

「ええ、そんなことは思っていません。私はただ、そういうことがあったかを知りたかっただけです」

「ない、断じてない」

必要以上に強調するところが怪しい。

「崎田さま」

「なんだ」

孫兵衛は怒ったようにきく。

「これだけは教えてください。御徒目付からの報告を聞き、崎田さまが大津屋もしくは川村さまにお答えになったのか、それとも、御徒目付から直接に……」

「黙れ。そんなことに答える筋合いはない」

孫兵衛は顔を紅潮させた。

「では、最後にもうひとつだけ。孫兵衛さまは、水島忠四郎どのがどのようなお方であるか知っていたのでしょうか」

「帰れ」

孫兵衛は怒鳴った。

「崎田さま」

「うるさい。帰れ」

「旦那」

お秋が割って入るも、孫兵衛の剣幕は凄まじかった。

「失礼しました」

栄次郎は会釈をして立ち上がった。

土間に降り立つ。

「お秋さん、すみません。また、崎田さまを怒らせてしまいました」

栄次郎は素直に謝った。

「どうして、最近、あんなに怒りっぽいのでしょうか」

お秋が呆れたように言う。

「私が悪いんです。崎田さまの気を悪くするようなことばかりきいていますから。私が謝っていたと話してください」

そう言い、栄次郎は外に出た。

まだ、暮六つ（午後六時）を過ぎたばかりだ。ずいぶん早い時間に追い出されたものだと、栄次郎は苦笑した。

新堀川を越え、下谷七軒町から御徒町を抜け、下谷広小路に出た。

栄次郎はたえず背後に注意を向けた。ずっとつけて来る気配がする。よほどの注意を向けないと気づかない。

かなりの武芸の手練《てだれ》に違いない。栄次郎はわざと不忍池のほうの暗がりに足を向けた。相手も、栄次郎が尾行に気づいたことを悟ったに違いない。

かなたに料理屋や待合茶屋のあかりが見える。栄次郎は池の縁の暗がりを行く。魚が跳ねたのか、水音がした。

栄次郎は足を緩めた。背後の気配が迫って来た。

栄次郎は左手で刀の鯉口を切り、右手を柄に当てた。殺気が襲いかかった。栄次郎は振り向きざまに抜刀し、頭上に襲いかかった剣を弾いた。

すかさず第二の剣が襲いかかった。栄次郎は鎬《しのぎ》で受けとめ、すぐに押し返す。相手もぱっと離れた。

饅頭笠をかぶり、刀を一本差しにして、着物の裾を尻端折《はしょ》りした男だ。暗がりで顔はわからない。

「何者だ？」

栄次郎は刀を鞘に納め、自然体で立って相手に問うた。しかし、返事はない。

「矢内栄次郎と知ってのことと思われるが」

正眼《せいがん》に構え、いきなり踏み込んで来た。栄次郎も居合腰になって抜刀する。激しく剣を交えて、さっとお互いが後ろに退く。

相手の呼吸は少しも乱れていない。栄次郎は再び自然体で立つ。相手は背中に刀を担ぐように構え、徐々に間合いを詰めてきた。

栄次郎は待った。じりっと間合いが詰まる。まだ、栄次郎は我慢をする。さらに、詰まるかと思われたとき、いきなり相手は後退《あとじさ》った。

今度は正眼に構えて、再び間合いを詰めてきた。栄次郎も少しずつ進む。そして、足を止めた。

間合いが詰まった。あと半歩だ。だが、再び、相手は下がった。

そして、いきなり踵《きびす》を返して駆けだして行った。

栄次郎は茫然と見送る。強敵だと思った。誘いには乗って来ない。いったい、何者なのか。

ふと気づくと袂が裂けていた。賊の剣尖が掠めたのだ。あらためて、ぞっとした。

大津屋に雇われた殺し屋か。だとすると、今度はあの男が忠四郎を襲うかもしれない。

しかし、栄次郎は敵が自分を狙って来たことに驚かざるを得なかった。こっちの動きを知られているのだ。

いよいよ、我が身にも危険が迫って来たことを悟らなければならなかった。

五

翌朝、栄次郎は本郷の屋敷からまっすぐ明神下の新八の長屋に行った。

新八は起きて待っていた。

「外に出ましょうか」

薄い壁だから隣りに筒抜けになる。

ふたりは神田明神に向かった。きょうはどんよりとしていた。境内に入って、拝殿のほうに向かう。

蟬の声が聞こえないのがなぜか寂しかった。

「ゆうべ、上月さまにお会いしてきました。ええ、誰にも見咎められずに家老屋敷にしのび込みました」

「さすがですね」

かつては、大名屋敷や大身の旗本屋敷に盗みに入っていただけある。盗人稼業から足を洗ったとはいえ、まだ腕は落ちていなかった。

「いえ」

「すみません。話の腰を折って」

「そんなことありません。で、上月さまが仰いますには、野田さまにはいまだに体調が優れぬとお返事を差し上げたところ、それほど無理をさせるわけではないと。久し振りにお会いするのを楽しみにしているゆえ、少しでもいいから顔を出して欲しいとのたってのご所望。こうなっては、お断り出来ないとのことです」

「そうですか」

「敵地に乗り込むようなものかもしれないという栄次郎さんの懸念をお話ししたのですが、それでもお断りすれば野田さまを疑うことになり、機嫌を損じるかもしれない。それは避けねばならぬと、苦しげに仰り、こう付け加えられました」

　新八は周囲を改めて見まわしてから、

「忠四郎どのに身代わりで行ってもらえぬかと」

　と、言った。

「なんですって。忠四郎さんを身代わりに」

「はい。心苦しいことは重々承知しているが、お考えいただきたいと」

「しかし、いくら似ているからといって、身代わりが務まるとは思えませんね」

　栄次郎は疑問を呈した。

世俗の中で育った人間が大名の真似を出来るわけはない。双子の弟であろうが、無理だと思った。

「それが、上月さまはご自身で忠四郎さまに能登守さまの特徴を伝授すると。さらに、能登守さまは風邪ぎみで体調を崩されていると伝えておく。また、能登守さまは何年ぶりかの対面であり、まずは気づかれる恐れはあるまいと仰っておいでででした」

なぜ、伊織はそこまで考えたのだろうか。忠四郎を身代わりにして茶の湯に行かせるのはかえって露顕した場合のことを考えたら……。栄次郎はあっと声を上げた。

「上月さまも、野田さまのお屋敷に行けば何かあると感じ取っているのでは……」

「ええ、あっしもそう思いました。なにしろ、野田さまからはものものしい行列は控え、供侍も少人数に抑えて来るようにとのお達しがあったようです。このことからも、上月さまも危険を察知しておられます。でも、お招きをお断り出来ないという板挟みに悩んでいるようでした」

「しかし、このようなことを忠四郎さんに告げることなど……」

栄次郎は首を横に振った。

「今夜、もう一度、上月さまに会ってお断りを」

「いえ」

栄次郎は一歩踏みとどまった。

「私が勝手に決めるわけにはいきません。このことを忠四郎さんにお話ししてみます。もちろん、私は引き止めるつもりですが」

栄次郎は憂鬱な気持ちで答えた。


新八と別れ、栄次郎は昌平橋を渡り、駿河台の忠四郎の屋敷に行った。きのうは屋敷に戻ったはずだ。案の定、門番はすぐに訪問を告げに行った。

忠四郎は急いで出て来た。

「行こう」

忠四郎はさっさと歩きはじめた。

「例の蕎麦屋ですか」

「そうだ」

「でも、話はすぐ終わりますよ」

「いや。そなたの顔には屈託があった。ややこしい話ではないのか」

「…………」

「図星か」

「驚きました」

「何がだ？」

「ひとの心がわかるのかと」

「毎日のように会っているんだ。それに、大事な用があるから屋敷までやって来たのだろう。だったら、ややこしい話に決まっている」

そんなことを話しながら、やがて三河町三丁目にある蕎麦屋に着いた。

二階の小部屋に上がり、差し向かいになる。

「『一よし』には及ばぬが、ここだって落ち着いて話が出来る」

「ええ」

「では、さっそく聞こう」

「はい。前にもお話ししましたが、能登守さまは近々、野田陸奥守さまに茶の湯に招かれてお屋敷に行くそうです」

忠四郎は黙って頷いた。

「陸奥守さまからの希望で、当日はものものしい行列は控え、供侍も少人数に抑えてくるようにと言ってきたそうです」

「怪しいな」

忠四郎の顔色が変わった。

「ええ。上月さまもそう思われたようです。でも、野田さまの招きをお断り出来ない。行かねばならないとのこと」

「………」

「それで。上月さまが……」

「俺に身代わりになれと言うのだな」

忠四郎は先に言った。

「そうです。しかし、頼みを聞く必要はありません。忠四郎さんがそのような危険な場所にあえて行くことはありません」

「それでは、能登守が命を落とすかもしれぬではないか」

「それは……」

「行こう」

「えっ」

「俺が身代わりで行く」

「しかし、危険です」

「なあに、取り越し苦労かもしれぬ。仮に、そうでなくとも身代わりになって死んでりするんだ」

行くのなら本望だ」

「忠四郎さん、なんてことを」

「栄次郎。あっ、すまん。やっぱり、呼び捨てになってしまった。そのほうがすっき

忠四郎は詫びてから、

「俺は毎年、夏になると蟬の脱け殻を、我が身を見る思いで見てきた。魂の脱け殻だ。俺は影としての自分に嫌気が差し、希望のない暮らしを無為に過ごしてきた。確かに、巳代治と出会い、そのときは満ち足りた気分になった。だが、ひとりになると、よけいに深い谷底に落ちるように気持ちが塞ぎ込んだ。こんな暮らしをしていたら、いつか発狂し、自滅する。そんな気がしていた」

栄次郎は返す言葉が見つからなかった。何を言っても、虚しいだけに思われた。

「巳代治にはすまないと思っている。だが、巳代治にしても、こんな俺とくっついていたんじゃあ先細りだ。早く、俺と別れ、いい旦那を見つけるか、芸者としてもっと大きくなるか、いずれにしろ、そのほうが仕合わせだ。そうは思わぬか」

「いや……」

だが、あとの言葉は続かない。

「そんな俺だったが、不思議なことに今年は一度も蟬の脱け殻を見なかった。どうしてだと思う？」

それは自分自身への問いかけのようだった。

「そなたと出会ってから、俺は変わったんだ。魂の脱け殻ではない。俺は俺だということに目覚めた。今までの俺には、いつか影から真の姿になるという野心が心の隅にあったのだ。それはだんだん叶わないと思うようになってから影の苦しさを味わった。だが、今は違う。俺はもう影ではない。能登守にとって代わろうなどとは思わない。はじめて、人間らしい生き方が出来るようになった」

「でしたら、何も身代わりになることはありません」

栄次郎は説き伏せようとした。

「あなたは自分を取り戻した。だったら、これから自分の思いどおりに生きたらいいのではありませんか」

「いや、だからこそ、身代わりになるのだ。俺は俺自身の影の時代を自分の手でおしまいにしたい。そのために、あえて身代わりになる」

「しかし」

翻意を促す言葉が見出せずに、栄次郎はいらだちを覚えた。

「栄次郎。俺は行く。上月さまにそう伝えてくれ」

「危険です」

「承知の上だ」

忠四郎は言い切ってから、

「いったい、野田陸奥守はどんな手段で襲って来るのか。陸奥守の家中の者があからさまに襲うはずはない」

「事故に見せかけるか、あるいは……」

「あるいは？」

「昨夜、私は饅頭笠をかぶった男に襲われました。引き分けたあと、私の袖が斬られていました」

「相当な腕だな」

「その者が襲いかかって来るやもしれません。狼藉者が侵入し、たまたま居合わせた能登守さまを襲う。そんな体《てい》を装うかもしれません」

「わかった。心しておく」

「忠四郎さん。その日、私も供侍のひとりとして加われるようにお取り計らいくださ い」

「そなたこそ、危地に踏み込む必要はない」

「いえ、忠四郎さんが行くなら私もいっしょします」

「そなたにはまったく関係ないことではないか。それなのに、なぜ危険を顧みずに」

「忠四郎さんが行くからです。忠四郎さんのことは私にとっては大事なことですから」

「そなたはばかだ。おおばかだ」

栄四郎は呆れたように言う。

「そういう性分なのかもしれません」

「よし、ふたりで陸奥守の屋敷に乗り込もう」

忠四郎は苦笑しながら言った。

どっちが勝つか負けるかはともかく、野田陸奥守の屋敷である程度の結着を見るのではないか。

「こうなったら、大津屋に当たってみます。証があるかどうかはもはや関わりありません。大津屋に疑惑をぶつけて反応を確かめてみます。こっちがそこまでわかっているとなれば、向こうも警戒するでしょう。それが牽制にでもなれば」

栄次郎はもやは悠長にしていられないと思った。

まず、栄次郎は新八の長屋を訪ね、忠四郎が身代わりを承諾したことを上月伊織に伝えてもらうように頼んだ。

それから、栄次郎は下谷広小路にある『大津屋』に向かった。

『大津屋』は客の出入りが多く、活気に満ちていた。だが、客はそれほどの富裕層ではないようだ。つまり、ほとんど古着の商いのほうが多いのかもしれない。

だからこそ、大名家御用達になって箔《はく》をつけたいのかもしれない。

栄次郎は店先に立ち、中を覗く。大津屋の姿は見えない。

土間に入り、番頭らしき男に声をかけた。

「ご主人をお願いしたいのですが。矢内栄次郎と言えばわかると思います」

「矢内さまで？　お約束でございますか」

「いえ。でも、筒井能登守さまの件で、大事なお話があるとお伝えくだされば、おわかりいただけると思います」

何か問いたそうだったが、何も言わずに、番頭は奥に向かった。

だいぶ待たされてから、番頭が戻って来た。

「恐れ入ります。向こうの入口からお入り願いたいそうでございます。そちらにおまわりください」

いったん外に出て、栄次郎は家人用の出入口に向かった。格子戸を開けて中に入ると、上り框《かまち》の近くに女中が待っていた。

「どうぞ」

女中は栄次郎に上がるように言い、内庭に面した客間に案内した。

四十前の鰓の張った顔の男が待っていた。横に広がった鼻は大きく、目は細い。

「大津屋でございます」

栄次郎が向かいに座るなり、大津屋が口を開いた。

「矢内栄次郎と申します。突然、押しかけて申し訳ございません。どうしても、大津屋さんにお訊ねしたいことがございまして」

「はて、なんでございましょうか」

「先日、こちらのおとよという女中が神田川の和泉橋傍で殺されました」

「それが何か」

「おとよは渋江藩筒井家の下屋敷にお手伝いに上がっていたそうですね」

「はい」

「おとよに疑惑があるのをご存じですか」

「疑惑？　さあ、初耳です」

わざとらしく、大津屋は驚いて見せた。

「そうですか。じつは藩主に毒を盛ったと見られています」

「それは何かの間違いではありませんか。そんなことはありえません」

「どうして、そう言えるのですか。およとはこちらの女中といっても日は浅く、女中の仕事はしていなかったと聞いてますが」

「そんなことはありません」

大津屋の顔から笑みが消えた。

「およを殺したのは吉松だそうですが、吉松のことを奉行所に告げたのは大津屋さんだそうですね」

「それがどうかいたしましたか。およから吉松の名を聞いていたので、そのことを話したまで」

「吉松は首をくったとされましたが、実際は数人の男に首吊りを偽装されたようです」

「何を証にそのようなことを?」

大津屋は顔を強張らせた。

「吉松は野田陸奥守さまの屋敷で働いていた男でした。手慰《てなぐさ》みが過ぎて、辞めさせられたとか」

「矢内さま。私も忙しい身。そんなわけのわからない話につきあっている暇はありません。どうか、手短にお願いいたします」

「では、あなたはなぜ、南町の与力崎田孫兵衛さまにおとよ殺しを吉松のせいにして幕引きを図るように要請したのですか」

「そんなことはしていない」

「話が食い違っていますね。あなたは、毒殺に失敗したおとよが捕まり、拷問にかけられて口を割るのを恐れ、何者かに殺させた。それを吉松の……」

「お待ちください。そのようなことを仰るなら、その証をお見せください」

「証はありません。ただ、我らはあなたがやったことはすべて知っていると申し上げたかったのです」

「なにをばかな」

「あなたは、水島忠四郎のことを崎田孫兵衛さまに頼んで調べてもらいましたね」

「お帰り願いましょう」

大津屋は立ち上がった。

「こんな話をしていても時間の無駄だ」

「もうひとつお聞かせください。あなたは、筒井家の留守居役川村伊右衛門どのと親しいようですが、その他に」

「どうぞ、お帰りください」

大津屋はぴしゃりと言った。

「わかりました。申し訳ございませんでした。あと、ひとつ。昨夜、私は何者かに襲われました。心当たりはございませんか」

「ばかな。私が知るわけはありません」

「水島忠四郎さまも狙われているようです」

「そんなはずはない。忠四郎さまは、もはや……」

はっと気づいたように、大津屋は声を止めた。

「もはや、なんですか」

「いや、なんでもない」

大津屋は手を大きく叩き、やって来た女中に、

「お客人のお帰りだ」

と告げ、さっさと奥に向かった。

大津屋への脅しは効いたかどうか、自信はなかった。栄次郎が口にしたことは、と

うに大津屋も予期していたことばかりだったかもしれない。

しかし、このことを大津屋は野田陸奥守のほうや川村伊右衛門のほうにも告げるだろう。そうなれば、迂闊な真似は出来ないと自重してくれるかもしれない。

栄次郎は『大津屋』を出てから吉右衛門師匠の家に向かった。

材木商『室田屋』の新築祝いに地方として出演するように頼まれたが、万が一のことを考えて、辞退しておくべきだと考えたのだ。

その新築祝いの前に、能登守を招いての茶の湯の会が野田陸奥守の屋敷であるのだ。そこで何が起こるか予断を許さない。

場合によっては命を落とすかもしれない。怪我をし、三味線を持てなくなるかもしれない。そのような事態をも考えておかねばならない。

ただ、師匠になんと言って断りを告げるか。ほんとうのことを口に出来ない。迷いながら、栄次郎は師匠の家に行った。

きょうはもう最後の弟子も引き上げたらしく、師匠は静かに茶を飲んでいた。

「ちょうどよいところに。今、吉次郎さんが帰ったところです」

「しばらくお会いしていませんが、お元気だったでしょうか」

「ええ。元気でおりました」

吉次郎は兄弟子で、本名を坂本東次郎《さかもととうじろう》といい、旗本の次男坊である。屋敷のほうで問題が起こり、しばらく稽古を休んでいた。

「再び、稽古を再開するそうです」

「それはよございました」

栄次郎は素直に喜んだ。

「じつは、そのことなのですが……」

吉右衛門は困惑した顔で、湯呑みに手を伸ばした。言い出しにくいことなのだろうと思った。

「師匠。なんなりと仰ってくださいな」

「それでは」

吉右衛門は湯呑みを置き、

「『室田屋』さんの新築祝いの件なのですが、今回は吉次郎さんを出してあげたいと思ったのです」

「えっ?」

「吉栄さんにはお誘いしておきながら、申し訳ないと思っています。ただ、吉次郎さんはしばらく休んでいたので少し自信をなくされています。会があれば、真剣に稽古をなさいましょう。吉次郎さんに以前のような熱い心を取り戻していただくためにも、今度の会に出演させて……」

「師匠。私は構いません」

「ほんとうですか」

吉右衛門はほっとしたように言う。

「はい。じつは、私もよんどころない事情が出来、会をお断りしなくてはならなくなったので、きょうはそのお詫びに参ったのです」

「そうですか。それは……」

吉右衛門はほっとしたように息を吐いた。

「吉栄さん、このとおりです」

「師匠。おやめください。私のほうがご辞退を申し上げたかったのですから」

「そう言っていただくと、かえって心が痛みます。じつは、吉栄さんはきっと私を責めることはせず、自分のほうから会に出られなくなったと仰るだろう。だから、きっと吉栄さんには何を言ってもだいじょうぶだという甘えた気持ちを持っていたのです。やはり、そのとおりになりました。私は今、自分を恥じております」

「師匠。私はほんとうにその日はだめになったので……」

「吉栄さん。私はあなたが、約束の日にあとから別の用事を入れるような方ではないことをよく知っています。ですから、その日によんどころない事情が今から出来るはずはありません」

「…………」

確かに、先約の日に別の用事を入れることはありえない。だが、栄次郎が会を辞退する理由は、会の数日前にある能登守が招かれた茶の湯だ。

そこで、何が起こるかわからない。だが、怪我をしたり万が一のことがあったら、迷惑をかける。

だから前もって辞退をしたのだ。それを、吉右衛門は栄次郎のやさしさだと勘違いしている。

「吉栄さん。この埋め合わせはちゃんとさせていただきます」

吉右衛門は頭を下げた。

栄次郎は面映《おもはゆ》かったが、茶の湯の会のことを話すわけにはいかなかった。

第四章　身代わり

一

数日後、日本橋本石町にある呉服問屋『後藤屋』の奥座敷に、筒井能登守が後藤屋に連れられて向かった。

供侍を揃えた乗物が筒井家の上屋敷を出立したのは半刻（一時間）ほど前で、須田町を過ぎてから、急に能登守が『後藤屋』に寄るように命じたのだ。

能登守が奥にいる間に、能登守になった忠四郎が現れた。はじめて見たとき、栄次郎は目を瞠《みは》った。本物の能登守かと思った。栄次郎に笑いかけてきたので、かろじて忠四郎だとわかったが、今さらながらに双子の威力を思い知らされた。

そこで四半刻（三十分）ほど過ごしてから、忠四郎は乗物に乗り込んだ。忠四郎の

傍に控えた栄次郎を、忠四郎の能登守が、

「栄次郎。頼んだ」

と、声をかけた。

こうして、能登守の一行は築地にある野田陸奥守の上屋敷に向かった。栄次郎は乗物の後方から周囲に目を配りながら歩いた。

屋敷からの出立に際し、家老の上月伊織が供侍たちに栄次郎を引き合わせ、何かあったら栄次郎の指図に従うようにとの厳命が下された。中には、そのことに不平を漏らす者もいたが、たいした問題にならなかった。

京橋《きょうばし》を渡って、すぐ左に折れ、京橋川沿いを行く。背後から遊び人ふうの男が乗物を追い抜いて行く。

男は途中で振り返った。新八である。

忠四郎は『後藤屋』にて、後藤屋の指導で能登守の仕種《しぐさ》を覚え、また能登守についてのある程度の知識を頭に入れた。

その上でのきょうの茶の湯の会だった。

築地にある上屋敷の門内に乗物が入った。しかし、供侍は門を入ったところで引き止められた。

「ここから先はご遠慮を」

用人らしき武士が供侍を長屋の部屋に招じた。

能登守と近習の者ふたり、それにお付きの腰元だけが母家に入って行き、栄次郎は長屋に向かった。

陸奥守の屋敷で惨劇が起これば、陸奥守とて責任は免れまい。筒井家は幕閣に訴えよう。そうなったら、陸奥守は何と言い訳をするのか。

だが、それは承知のはず。そんな愚かな真似はしまい。

長屋には供侍たちのために酒肴が用意されていた。若く美しい女中が何人か来て、給仕をする。

栄次郎は焦った。忠四郎は目の届かないところだ。声を上げてもここまでは聞こえないかもしれない。

「どうぞ」

女中が酒を注ごうとする。

素直に盃を出す。

「やっ、これはうまい酒だ」

誰かが言う。

「うむ。これはうまい」

別の侍も感嘆の声をあげ、口々に、うまいという声が漏れた。

陸奥守がどんな手を使って能登守を暗殺しようとするのか。自分に責任が及ばないようにするとしたら、どんな手立てをとるか。

栄次郎は頭を回転させる。供侍の者たちは、陸奥守の屋敷で何か起こるとはまったく想像もしていないようで、呑気に酒を呑んでいる。かえって、ここのほうが安心だと思っているのであろう。

しかし、陸奥守の家来の手によって能登守が討ち取られたら、場合によっては陸奥守の家来とここにいる供侍たちが刀を交えることになる。非は当然、陸奥守にあることになる。そんな危険を、陸奥守を犯すだろうか。

では、陸奥守が責任を負わずにことを成すにはどうすればいいのか。栄次郎は陸奥守の立場になって考えてみた。

供侍たちは、女中たちと軽口を交わし、上機嫌だ。

自分に責任が及ばない手立てで殺すとしたら、病死に見せかけることか。毒を呑ませて中毒死させ、強引に病死ということにする。

これなら、筒井家側も抗議は出来ない。しかし、病死を筒井家側に納得させることが出来るだろうか。

女中がまた酒を注ぎに来た。

「茶の湯は、どちらで？」

栄次郎はきく。

「野点《のだて》だと聞いています」

「野点？」

「お庭です」

庭ならば、どこかからしのび込めるかもしれない。

「こちらに、おとよという女中はいらっしゃいましたね」

ふと思いついて、栄次郎はあえて断定するようにきいた。

「おとよさんですか。はい」

丸顔の女中は頷いた。

「今もいらっしゃいますか」

「いえ、今はもう」

「いないのですか」

「ええ。辞めました」

「辞めた？」

「はい」

「その後、どうしたか」

「さあ、私は知りません」

やはり、おとよはこの屋敷に奉公していたのだ。大津屋を通して筒井家の下屋敷に入り込んだ。毒を盛る役目を負って……。

「おい、おぬし。独り占めはいかん。さあ、こっちに来て酌をしてくれ」

大柄な侍が声をかける。

「さっきからきこうと思っていたのだが、そなたは何者なのだ？」

別の侍が顔を覗き込むようにきいてきた。

「そうだ。そなたは見掛けぬ顔だ。どうして殿のお供を？」

女中の酌を受けた大柄な侍も栄次郎に胡乱《うろん》げな目を向けた。

「ご家老の上月さまに頼まれまして」

栄次郎は答える。

「ご家老の？」

大柄な侍が不思議そうな顔をした。

「おや、荒井《あらい》はどうした？」

誰かが呟くように声をあげた。

「室田《むろた》もいないな。厠か」

別の者が応じる。

「下河《しもかわ》もおらぬ。そういえば、さっき三人は順番に出て行って戻って来ないな」

「出て行ったのはいつ頃でしょうか」

栄次郎はきいた。

「四半刻（三十分）近く前だ。厠にしちゃながい」

栄次郎は立ち上がった。

「どうした？」

「探してきます」

「おい、勝手に歩きまわれんぞ」

大柄な侍が声をかけた。

栄次郎は急いで長屋を出た。陽光が眩しく、手をかざす。新八がこの屋敷内に忍んでいるはずだ。

長屋を出て、玄関のほうに向かう。

「どこに行かれる?」

いきなり、目の前に野田家の家中の者がふたり立ちふさがった。

「じつは、荒井、室田、下河の三人の姿が見えないので、探しに来ました」

栄次郎は言い訳を言う。

「こっちには来ません。どうぞ、お戻りを」

「でも、三人を……」

「我らが探しますゆえ」

このふたりの武士の後方に内塀があり、門がある。そこをくぐれば、庭に出られるのだろう。

栄次郎は仕方なく戻った。ふたりがじっと見つめている。

長屋の戸口に立った。そのとき、

「栄次郎さん」

と、声が聞こえた。

植え込みの陰から、新八が呼んだ。

振り返ると、見張っていた武士は門番小屋に戻った。栄次郎は新八の傍に行った。

「野点が行なわれている庭まで行くのにふたつの門があって、警護の侍がいます。さっき、三人の武士がそこを素通りしました」

「しまった」

「いったん、外に出てから忍び込んだほうが早いですぜ。ご案内します」

「お願いします」

栄次郎は新八のあとに従い、屋敷の角まで行った。そこの櫓の脇から塀を乗り越え、屋敷の外に出る。

「こっちです」

新八は塀沿いを裏にまわった。ようやく、屋敷の正反対の場所辺りにやって来た。塀の内側に樹が繁っている。

「この塀の向こうが広大な庭園になっています。まず、あっしが」

勢いをつけて走って塀に飛び乗った。鮮やかな跳躍だ。栄次郎は新八が垂らしてくれた縄を伝って塀によじ登った。

庭の植え込みに飛び下りる。そっと出て行くと、茶の湯の会が行なわれているのが見えた。

毛氈の上に茶釜が置かれている。忠四郎の能登守が茶碗を口に運んだ。茶を点《た》てている白髪の武士が陸奥守であろう。周辺に女中がいるだけで、能登守の近習の者は少し離れた場所にいた。

栄次郎は周囲を見まわした。すると、池の傍の大岩の陰に三人の武士が隠れているのを見付けた。

三人とも襷掛けで、袴の股立《ももだち》をとっている。闘う闘志を漲《みなぎ》らせているようだ。

陸奥守と筒井家の反能登守派が結託をして能登守の暗殺を図ったというのが真相であることは間違いなかった。

能登守を殺したのは能登守の家来ということになる。陸奥守は秘密を守るために、能登守を病死として届けるように、筒井家に伝える。

筒井家は御家騒動が幕閣に聞こえたら、最悪の場合、御家取り潰しという事態にもなりかねない。

少し陽が傾き、影の位置が変わった。

陸奥守が立ち上がった。供の者もついて行く。どうやら、能登守だけをひとりにさせるつもりなのだ。

能登守も立ち上がった。それが合図だったかのように、隠れていた三人が飛び出し、毛氈のほうに突進した。

女中の悲鳴が上がった。能登守の忠四郎が三人に顔を向けた。

栄次郎は飛び出した。

「待て」

栄次郎が怒鳴ると、三人の動きが止まった。

「刀を引け」

栄次郎は三人の前に立ちはだかった。

「荒井、室田、下河。殿に刃を向けるとは何ごとぞ」

栄次郎は一喝する。三人は名前を呼ばれて、一瞬うろたえたようだ。が、すぐに中のひとりが萎縮した気持ちを振り払い、

「今の殿には、殿たる資格はない。政《まつりごと》を放り出して、能、芝居、茶の湯などに夢中になり、あげく女と酒の放蕩ざんまい。国を滅ぼす元凶だ。我らが、鉄槌《てっつい》を下《くだ》す」

「誰の企てだ。誰が糸を引いているのだ?」

「我らの一存」

「そなたらは利用されているのだ」

「問答無用。かかれ」

いきなり、相手は斬り込んできた。栄次郎は抜刀して相手の剣を弾く。別の侍が忠四郎に斬りつけたが、忠四郎はさっと身を避けた。

「やはり、陸奥守さまのご家中は出て来ないな」

栄次郎は冷笑を浮かべた。陸奥守の家来は見てみぬ振りをするという手筈になっているのだ。

栄次郎にふたりの武士が迫り、忠四郎にもうひとりが迫る。

「だいじょうぶか」

栄次郎は忠四郎に声をかける。

「大事ない。そっちこそ気をつけろ」

忠四郎が応じる。

「そなたの名は？」

栄次郎は長身の男にきく。

「荒井清太郎《せいたろう》」

「そなたは？」

「下河鉄平《てっぺい》だ」

もうひとりが名乗った。

栄次郎は自然体でふたりの前に立った。

「わしを倒し、誰を担ぐつもりだ？」

忠四郎が怒鳴るようにきいた。

「能登守の腹違いの弟忠友か。よいか、忠友の母は……」

「黙れ」

室田という武士が再び斬り込む。忠四郎は小刀を抜いて立ち向かった。

「荒井どの、下河どの。そなたたちの望みは潰《つい》えた」

「何？」

「あれを見ろ」

内塀の門で、騒ぎが起きていた。新八が供侍たちに能登守が襲撃されていると告げたのだ。

供侍たちが一斉に駆け寄った。

「殿。ご無事で」

「ご苦労。騒ぐでない」

忠四郎は能登守らしい口調でたしなめた。

「荒井、室田、下河。これは何たることだ」

栄次郎に声をかけてきた大柄な侍が大声できく。

「殿を殺《あや》めようとしたのか。誰の差し金だ？」

「我らはただ、今の殿ではいずれ筒井家がつぶれる。我が御家を思って殿に退場していただこうと」

「荒井、室田、下河。そのほうらの気持ちはよくわかる。わしも改めよう」

忠四郎は能登守になりきって言う。

「よし、引き上げる」

忠四郎は声を張り上げ、

「三人は素直について参れ。よけいな真似は許さぬ」

と、切腹を固く禁じた。

忠四郎は部屋に閉じ籠もった陸奥守に対して、

「これにて引き上げます」

と大声を発したあと、ふいに忠四郎の体が揺れた。

栄次郎は目を剝き、

「忠四郎さん」

と、駆け寄った。くずおれそうになった体を支え、毛氈の上に横たえる。

「医者を。それから、水を。たくさんの水を」

栄次郎は近くの井戸から汲んだ水を忠四郎の口から流し込んだ。苦しそうに顔を振

る忠四郎に、

「飲むんだ。飲め」

と、耳許で怒鳴りながら夢中で水を飲ました。

何度も吐き出し、それでも構わず、栄次郎は水を飲ました。

二

医者がやって来た。厳めしい顔の年配の医者だ。

「毒を吞んだ。よいか、能登守さまに万が一のことがあれば、この屋敷の殿さまもただではすまぬ。すべて、そなたの腕にかかっておる」

栄次郎は医者を脅しつけた。

「畏まりました」

医者はぐったりしている忠四郎の傍にかけよった。

「お女中。陸奥守さまにお目通りしたい。そう告げよ」

「は、はい」

女中が母家にかけて行った。

「いかがか」

栄次郎は医者にきいた。

「だいぶ毒を吐き出されたようです。今、薬を呑ませました。まだ、安心は出来ませんが、あとは……」

「あとは、なんですか」

栄次郎はきく。

「体が強ければ……」

体力の問題か。

「動かせましょうか」

「いや。遠くは無理です。このお屋敷をお借りして落ち着くまで養生させるべきです。部屋を借りられれば、すぐ戸板に乗せてお運びいたします」

「部屋はいくらでもありましょう」

栄次郎は別の女中に、

「能登守さまをどこぞのお部屋にお移ししたい。支度を願いたい」

と、頼んだ。

「畏まりました」

女中は母家に向かった。

栄次郎は能登守の家来に、

「いたずらに騒いではなりませぬ」

「しかし、殿の命が狙われたのだ」

大柄な侍が息巻いた。

「襲ったのは、筒井家の家臣ですぞ。御家のごたごたが世間に、いや幕閣に知れたらなんといたします。場合によっては、御家の存続にも関わります」

「…………」

最初の女中が戻って来た。

「どうぞ。こちらに」

栄次郎はその女中について廊下から上がり、書院の間《ま》に向かった。

そこに四十ぐらいの武士が待っていた。

栄次郎が部屋に入ると、その武士が居丈高《いたけだか》に、

「用人の佐々木嘉次郎《ささきかじろう》と申す。殿には、きょうは気分が優れぬゆえ、代わりに私がお話をお聞きしましょう」

と、見下《みくだ》すように言う。

「なりませぬ」

栄次郎は強気に出た。

「なに？」

佐々木嘉次郎は顔色を変えた。

「その無礼な物言い。誰に申していると思っておるのだ」

「能登守さまは茶の湯の席で毒を呑まされた。同席していたのは陸奥守さま。事情を話す義務がございましょう」

「なんと」

「よいですか。それなのに、逃げまわるとは、後ろめたいことがあると受け取られても仕方ありませぬ」

「何たる暴言、許さぬ」

嘉次郎は眦《まなじり》を決して腰を浮かした。

「たかが、能登どのの家来の分際で、無礼にもほどがあろう」

「何をそのようにお怒りになるのですか。怒る前に、陸奥守さまをお呼びくだされ」

「帰れ。帰らぬと、捨ててはおかぬ」

隣りの部屋から殺気がする。

「佐々木さま。野田家を潰す覚悟がおありなら、どうぞご随意に」

「なに？」

嘉次郎は不審な顔をした。

「お座りください」

栄次郎は静かに声をかける。

嘉次郎は圧倒されたように腰を落とした。

「私は能登守さまの家来ではありません。二百石の御家人の部屋住の矢内栄次郎と申します」

「二百石の御家人だと」

またも、嘉次郎の顔が紅潮した。

「お待ちください。なれど、私は……」

こんなことを口にするのは好きではなかった。それに、自分はその身分を捨てたのであり、今は関係ない。

だが、今、そのことに頼ろうとしていることに忸怩《じくじ》たる思いがあった。しかし、それを持ち出さない限り、事態は進展しない。

「私は大御所治済さまの子であります。将軍家斉公の弟にあたります。場合によっては大御所の名を出してもよいとの許しを得ております」

「大御所さま……」

「陸奥守さまが権威を楯《たて》に私を排除しようとするなら、私も大御所治済の威光をもってお相手仕《つかまつ》ります」

「しかと、しかと大御所治済さまの子であると……」

「私が偽りを申しておるかもしれないとお疑いですか。ならば、今からそのことを証すことが出来るお方をお呼びいたしましょう。なれど」

「…………」

嘉次郎は息を呑んだ。

「そのお方をここに呼べば、きょうここにて何が行なわれたか、そしてどのような事態になったかは明らかになりましょう」

栄次郎は脅してから、

「では、文を認《したた》めますゆえ、どなたかに使いを」

「待て」

襖の向こうから声がした。

さっと襖が開き、陸奥守が入って来た。栄次郎は低頭した。

「陸奥守だ。大御所さまには旅芸人に産ませた子がいたことは知っている。先年、大御所が、その子に尾張六十二万石を継がせようとしたそうだな。それが矢内栄次郎どのでござったか」

「はっ、恐れ入ります」

「能登守どのには奥の間に移っていただいた。腕のいい医者に手当をさせている」

陸奥守は嘉次郎に向かい、

「もし、能登守どのに万が一のことがあれば、いや、たとえ一命をとりとめようとも、我が野田家はもはや、これまでだ」

と、観念したように言った。

「殿」

嘉次郎が悲痛な声を出し、

「矢内どの。お聞きくだされ」

「よせ。言い訳は無駄だ」

陸奥守が苦痛に歪んだ顔で言う。

「お聞きしましょう」

栄次郎は促した。

「はっ。そもそもは、筒井家の留守居役川村伊右衛門からの訴えによりはじまったこと。三年前のことです。主君能登守は道楽にかまけ、藩政をないがしろにしている。このままでは、御家の大事になることは必定《ひつじょう》と」

嘉次郎は身を乗り出すようにして、

「ひそかに調べると、まさに能登守さまの行状は異状でございました。江戸にいる間は毎日のように能役者を屋敷に呼び、芸人を招き……。とうてい、藩主としての役割は果せません」

そのことは事実だ。

「留守居役川村どのは、なんとか殿を押し込めして、忠友さまを擁立したい。お力をいただきたいと言ってきた。忠友さまはご承知のように、我が殿の妹君のお子」

栄次郎は黙ってきく。

「川村どのが相談に来たのは、江戸家老の上月伊織どのが能登守の後ろ盾になり、守り抜こうとしているゆえ。上月伊織がいる限り、藩主の首を変えることは出来ない。だから、我が殿を頼ってきたのでござる」

陸奥守は目を閉じ、腕組みをして聞いている。

「そのようなときに、当屋敷に出入りをしている大津屋がなんとか能登守を藩主の座から引きずり下ろしたいと言ってきた。それで、大津屋に一切を任せることにしたのだ。すると、筒井家を守るためには能登守さまを排除するしかないということになった」

「ご当家の女中のおとよを使い、毒殺しようとしたのですね」

「そうだ。だが、失敗した。それで、今回の茶の湯だった。能登守さまを殺害するのは、筒井家の選ばれし者。当屋敷で事件が起こっても、両家が口裏を合わせて病死に出来ると踏んだのです」

　嘉次郎はうつむいた。

「刺客が三人待ち構えていました。なのに、なぜ、その前に毒を呑ませたのですか」

　陸奥守が目を開け、腕組みを解いた。

「斬殺される前に、薬で楽に死なせてやろうと思ったのだ」

「しかし、死ぬことには変わりありません」

「そうであるが……」

　陸奥守は吐息を漏らした。

「能登守さまには双子の弟がいたことをご存じでいらっしゃいましたか」

　栄次郎はきいた。

「知っていた。留守居役の川村どのが深川で、能登守どのと瓜二つの武士を見つけたそうだ」

「やはり、そうでしたか」

「しかし、そのような者は関係ない。能登守の身代わりになれるはずはない。見掛けは同じであったとしても、育ってきた環境が違う。本人に成り代われるわけはない。仮に化けたとしても、いずれ化けの皮が剝がれる」

陸奥守は双子の弟を問題にしていないような口振りだった。

「しかし、弟なら藩主亡きあと、跡を継ぐことが出来ましょう」

「それならそれでよかった。双子だからといって、能登守のように道楽者ではあるまい。それより、違う環境で育った者がいきなり藩主になっても何も出来ぬ。周囲の後ろ盾が必要だ。そのほうが藩政にとってはよかろう」

「忠友さまの相続には拘《こだわ》らないということでございますか」

「そうだ。わしの目からみても、忠友は凡庸だ。藩主としては物足りない。周囲の支えがあってはじめてやっていける。双子の弟と条件は同じだ」

「双子の弟を邪魔に思っていたのではありませんか」

栄次郎は疑問を口にした。

「邪魔になどしておらぬ。ありていに言えば、大きな問題ではなかった。ただ、こっちの目的は能登守を斃《たお》せばよかった」

「では、弟を始末しようとしたことはなかったと？」

「そんなことをせぬ」

栄次郎ははたと困惑した。

てっきり、陸奥守と大津屋がつるんで、忠四郎を殺そうとしたのだと思っていた。では、大津屋独自の考えだったのか。

待てよ、と栄次郎は考えた。大津屋が忠四郎を亡きものにしようとしたのは能登守の件とは別だったのではないか。

たまたま同じ時期に起こったのでいっしょのものととらえたが、まったく違う理由だった……。

「矢内どの」

嘉次郎が低頭し、

「私が一身に責任を負います。どうか、それで殿の身を」

「嘉次郎。何を言うか。一切の責任はわしにある」

陸奥守は覚悟を決めたように言う。

「すべてのことの発端は能登守さまの藩政を顧みない行ないゆえから生じたこと。筒井家の川村伊右衛門どのも御家を思う気持ちから行動に出たこと。ただ、その手立てが間違っていたことは責められるべきですが、同情の余地は十分にありましょう」

栄次郎は陸奥守に向かい、

「まことに恐れ多いことでございますが、今回の始末、不肖この矢内栄次郎に任せていただけないでしょうか」

と、訴えるように言う。

「矢内どの」

「もちろん、きょうのことを公にするつもりは毛頭ありませぬ。それから、なるたけ傷つく人間が少なく済むように考えたいと思います」

陸奥守が頭を垂れた。

「それから能登守さまの警護の侍、それから能登守さまを襲った三人についても、私から申し伝えます」

「なにからなにまで」

「どうか、能登守さまの看病をよろしくお願いいたします」

「必ずや」

陸奥守は請け負った。

「それから、申し遅れましたが、きょうここにやって来たのは能登守さまではありません。双子の弟君です」

「それは、まことですか」

佐々木嘉次郎が腰を抜かさんばかりに驚いた。

「この屋敷に来る途中、ある場所にて入れ代わりました。あの者は今は、水島忠四郎と名乗っています。能登守さまの影として生きてきた者にございます」

「なんと」

陸奥守も唖然とした。

「忠四郎どののところにご案内いただけますか。見舞ってから引き上げたいと思います」

栄次郎は忠四郎が寝ている部屋に案内された。その隣りの部屋に能登守の家来が全員揃っていた。荒井、室田、下河の三人も隅で神妙に畏まっていた。

栄次郎は忠四郎の枕元に座った。

「いかがでございますか」

医者にきいた。

「胃の中のものを吐いたので、毒のまわりも少なくすんだようです。もう、心配はないかと」

「そうですか。よかった」

栄次郎はほっとしてから、忠四郎の顔を覗き込んだ。安らかな寝息が聞こえた。

「ただ、不思議でございます」

医者が首をひねった。

「何がですか」

「はい……」

医者は言いよどんだ。

が、すぐに決心したように口を開いた。

「じつは毒は私が調合しました」

「そうですか」

「でも、私は命じられたものの、毒殺を望みませんでした。それで、わざと苦《にが》みをくわえておきました」

「苦み?」

「はい。口に含んだとき、苦みですぐに吐き出せるようにしたのです」

「そういう細工をしたというのですね」

鼓動が激しくなって心の臓が破裂しそうになった。

「はい。なぜ、吐き出さず、すべて呑み込んでしまったのか、不思議でなりません」

医者はまたも首を傾げた。

栄次郎は衝撃を受けた。忠四郎は毒と気づいていながらすべてを呑んだのだ。

忠四郎の顔を覗き込む。穏やかな表情だ。

(なぜだ。なぜ、死のうとしたのだ?)

栄次郎は心の中で問いかけた。

ばかだ。死ぬなんてばかだ。栄次郎は忠四郎を責めた。あなたには巳代治がいるではないか。巳代治が悲しむのを想像出来なかったのか。

影として生きてきた辛さからもう解き放たれて自由な生き方が出来る。そう思っていたのではないか。

栄次郎はやりきれなかった。

だが、今は早い回復を願うだけだ。元気になってから、叱ればいい。そう思って、
栄次郎はようやく、立ち上がった。

隣りの部屋に行き、能登守の家来を前に、栄次郎は口を開いた。

「今、隣りで寝ているのはほんとうの能登守さまではありません」

しかし、みなはぽかんとしている。意味を解しかねているのだ。無理もない。

「隣りにいるお方は、能登守さまの双子の弟君であられる」

「ほんとうですか」

ようやく、一同がざわめいた。

「はい。詳しい話は省きます。日本橋本石町の『後藤屋』に寄った際に、入れ代わったのです」

また、ざわめきが起こった。

「いいですか。きょうここでは何もなかった。そのつもりでいてください。野田家、筒井家の安泰のためにも何もなかったと」

栄次郎は一同を納得させてから、

「ここで起こったこと、さらに陸奥守さまと話し合ったことは、これから屋敷に帰り、私からご家老の上月さま、留守居役の川村さまにお伝えします」

「あなたは、どなたなのですか」

ひとりがきいた。

「双子の弟君の友人です」

栄次郎は答え、

「では、これから茶の湯を終えて、引き上げます。乗物は空《から》ですが、途中、『後藤屋』に寄り、能登守さまをお乗せします」

栄次郎が立ち上がると、みなも一斉に立ち上がった。

三

栄次郎は陸奥守の屋敷から『後藤屋』に戻った。

後藤屋の案内で、奥座敷にて女中を相手に酒を呑んでいた能登守の前に伺候した。

「矢内栄次郎にございます。ただいま、陸奥守さまの屋敷から戻りました。これより、お屋敷にご帰還いたします」

「忠四郎はいかがした？」

能登守が身を乗り出してきく。

「毒を呑み、陸奥守さまのお屋敷で養生されております」

「なに、毒だと？」

能登守は表情を曇らせ、

「やはり、陰謀であったか。で、忠四郎の容体は？」

「一命はとりとめたとのこと」

「そうか」

能登守は安心したように息を吐いたが、すぐに厳しい顔になって、

「陸奥守さまと我が家中の者が結託しておったのだな」

と、確かめた。

「ご安心ください。その件はひとまず片がつきました」

「しかし、わしを排斥しようとした事実は消えぬ」

「それも、能登守さまのお心ひとつ」

「………」

「ひとつ、お訊ねしてよろしゅうございましょうか」

「なにか」

「殿さまは、双子の弟君のことをご存じだったのでしょうか」

返事まで間《ま》があった。

「三年前だ。知ったのは……」

「三年前？」

「留守居役の川村伊右衛門が教えてくれた。町でわしとそっくりな男を見掛けて調べてみたら、どうやら双子の弟らしいとな。それで、伊織に確かめた。伊織はとうとう認めた」

「そうでしたか」

「忠四郎はわしの身代わりになってくれたのだな」

能登守は呟くように言う。

「ただ、わからないことがございます」

「うむ？」

「毒を調合した医者が言うには、呑んでもすぐ異状に気づくように、わざと苦く作ったとのこと。ふつうなら吐き出すはずなのに、全部呑んでしまったようです」

「どういうことだ？」

「わかりません。回復を待って、本人の口から聞かされなければほんとうのことはわかりません。ですが……」

栄次郎は言葉を切った。

「なんだ？」

能登守が催促する。

「おそらく、毒と知っていて呑み干したと思われます」

「まさか、忠四郎は……」

能登守は体を震わせた。

「みながお待ちです。お支度を」

栄次郎は促した。


能登守を乗せた乗物の一行が筒井家上屋敷に引き上げて来た。

玄関前には、上月伊織をはじめ家臣が出迎えた。その中で、川村伊右衛門だけが青ざめた顔をしていた。

式台に上がった能登守は振り返り、玄関外で蹲踞《そんきょ》していた栄次郎に、

「栄次郎。ごくろうであった」

と、声をかけた。

「はっ」

栄次郎は低頭して応える。

それから四半時（三十分）後、栄次郎は家老屋敷の客間にて、上月伊織と対座した。

「野点の席で、荒井、室田、下河の三人が能登守さまを襲う企みでした。そのことは阻止したのですが、それ以前に能登守の忠四郎さんは毒を呑んでおりました。一命をとりとめましたが、向こうのお屋敷で休んでおられます」

栄次郎はさらに続ける。

「陸奥守さまは、能登守さまの行状に心を砕き、筒井家のためにも排除するしかないと決心されたということです。決して、忠友さまを擁立するためではないと仰っておいででした」

伊織は膝に手を置き、黙って聞いている。

「やはり、陸奥守さまと筒井家の反能登守派がつるんでの企てであることが明らかになりました。ですが、ことが公になり、大目付の耳に入ると、野田家、筒井家ともども無傷ではいられません。したがって、きょうは無事に茶の湯の会が済み、何ごともなかった。そういうことにしました」

栄次郎は深呼吸をし、

「ただ、そうは言っても、おとよという女と吉松という男が死んでいます。この件については責任を負ってもらわねばならないでしょう」

栄次郎は伊織の顔を見つめ、

「ただ、問題の解決は偏《ひとえ》に能登守さまの心持ちにかかっております。相変わらず、能登守さまの行状が芳《かんば》しくなければ、またぞろ同じような問題が出ましょう。そのときは、上月さまにはご決断をいただかねばならないと思います」

「矢内どの」

はじめて、伊織が口を開いた。

「私の責任において、殿を諫言いたす。今度のことがあり、殿も目が覚めるであろう。それでもだめなら、私は決断いたします」

押し込めに同意するということだ。その覚悟を聞いて、栄次郎は家老屋敷を辞去した。

栄次郎が筒井家上屋敷を出たとき、辺りは暗くなってきていた。

いくらも歩かないうちに、新八が現れ、並んで歩きだした。

「新八さん。助かりました」

「なあに、たいしたことはしていませんよ。それより、忠四郎さんのお加減はどうですかえ」

「一命はとりとめたようです。ただ、数日は野田家の屋敷から動かせません」

「そうですか。でも、ご無事でよございました」

「ですが、そのこと以上に大きな問題が……」

「なんでしょう？」

「忠四郎さんは毒と知っていて、わざと呑んだ節《ふし》があるんです」

「それって、まさか、自殺ってことですかえ」

新八はあからさまに言う。

「わかりません。回復を待って真意をきかないと」

栄次郎は胸が塞がれそうになった。

「あとは、大津屋の件です。おとよ殺しで、大津屋に罪を問えば、当然、野田家、筒井家に類が及ばざるを得ません。そこを、どう対処するか。さらには、忠四郎どのを殺そうとし、私にまで殺し屋を向けた件もあります」

頭の痛い問題が残っている。

「栄次郎さんがそこまでしなきゃならないんですかえ」

新八が同情するように言う。

「そうですね。損な性分ですね」

苦笑して答えたが、陸奥守の前で、大御所の子であることを口にし、自分に任せろと言った手前、なんとしてでも自分の手でまだくすぶっている問題を解決させねばならぬと、栄次郎は自分に言い聞かせた。

その夜、栄次郎は『大津屋』の客間にいた。

すでに、大津屋の耳にも、陸奥守の屋敷で起こったことの詳細は伝わっているはずだった。

大津屋は固い表情で座っていた。

「陸奥守さまのお屋敷でのこと、ご存じでいらっしゃいますね」

栄次郎は静かに問いかけた。

「はい。知らせてくれる者がありました」

野田家に懇意にしている者がいるのだろう。

「能登守さま暗殺は失敗に終わりました。陸奥守さまは何もかもお話しくださいました」

「…………」

大津屋は肩を落とした。

「あなたが、能登守さまを排斥したかったのは、御用達の座が欲しかったからですね。能登守さまがいる限り、その目はないと思っていた……」

「そうです。能登守さまの妹ぎみにお作りした打ち掛けが粗悪であったことや、私どもでお買い上げいただいた着物がすべて正価よりも高かったということで、能登守さまのお怒りを買ったのです」

「そのような事実はあったのですか」

「お恥ずかしい話ですが、当時の番頭が独断でやっておりました。番頭は辞めさせましたが、一度失った信用を取り戻すことはなかなか出来ません。でも、信用回復に努《つと》め、なんとか奥方さまや女中衆にも好意を持って迎えられるようになりました。ですが、能登守さまはまったく私どもを許そうとしてくれません。そんなときに、留守居役の川村さまから、筒井家の中で能登守さまを排斥しようという動きがあることを聞かされたのでございます」

大津屋は顔を歪め、

「川村さまの話では、国許のほうでも一部にそのような動きはあるものの、そこまで思い切ったことを指導する者がいないと。それは江戸でも、同じでした。ところが、川村さまはもし能登守さまが排斥された暁には腹違いの弟君の忠友さまが継がれる。忠友さまの母君、先代の側室は陸奥守さまの親族。そういうことから、陸奥守さまの後ろ盾を得ようとなさいました。そして、その密談を取り次いだのは私でございます」

「そうですか。あなたが陸奥守さまと筒井家の反能登守派とを結びつけていたのですか」

「はい。陸奥守さまも、能登守さまの行状を知り、ご立腹のご様子でした。このままでは、筒井家は潰れる。そこまで心配なさいました」

「それで、能登守さま暗殺の企てが立てられたのですね」

「はい。陸奥守さまのお屋敷に奉公していたおとよを『大津屋』の女中として、筒井家に乗り込ませて、能登守さまに毒を呑ませることにしたのです。しかし、呑ませることに成功しましたが、能登守さまは一口だけでそれ以上は呑まなかったようです。それで、未遂に終わったのです」

「毒を調合したのは？」

「陸奥守さまの近習医者です」

「なるほど」

あの医者がわざと苦く調合をしたので助かったのだ。

「それが失敗したら、次は陸奥守さまの屋敷で茶の湯にかこつけて襲撃をする手筈が出来ていました。陸奥守さまの屋敷であれば、刺客の襲撃でも隠蔽出来るからでございます」

「能登守さまの双子の弟君のことは、知っていましたね」

「はい。先日、あなたさまが仰ったとおりにございます。深川で、偶然に似ている侍を見掛け、その後、川村さまにも確かめていただきました。川村さまは非常に驚き、さっそく崎田孫兵衛さまに頼んで調べてもらいました」

「それで、双子の弟だとわかったのですね」

「はい。私は能登守さまを斃したら、あの者が引っ張り出されてくるのではないかと心配になりましたが、能登守さまには双子の弟はいないことになっている。仮に、名乗り出たとしても、偽者として突っぱねることが出来る。そう仰いました。それは、陸奥守さまも同じ意見でした。だから、問題はないと」

「ならば、なぜ、忠四郎どのを狙ったのですか」

「えっ？」

「安吉というならず者を使って忠四郎どのを襲わせ、失敗すると、今度は浪人者を雇って命を狙った」

「待ってください。それは……」

　大津屋は戸惑いを隠せない。

「最初、私は能登守の双子の弟だから殺そうとしたのかと思いました。しかし、双子の弟の存在がそれほど大きなものでないとなると、理由は別にある」

大津屋は巳代治に惚れ、その間夫《まぶ》の忠四郎を亡きものにしようとした。栄次郎はそう考えたのだ。

「お待ちください」

大津屋は手を上げて、栄次郎の言葉を制した。

「知りません。そのことに、私は関わっておりません」

この期《ご》に及んでまだしらを切る気かと思ったが、大津屋の表情に嘘をついている様子はなかった。

また、嘘をつく必要もなかった。

「ほんとうに、忠四郎どのを襲わせたことはないのですか」

「ありません」

忠四郎を襲わせたのは大津屋ではない。

「私は饅頭笠をかぶった男に襲われた。心当たりはないですか」

「いえ、知りません」

大津屋ははっきり否定した。

「では、あなたが命じたのはおとよ殺しですか」

大津屋は首を力なく横に振り、

「また、言い逃れをしていると思われるかもしれませんが、おとよを殺したのは留守居役の川村さまです。暗殺に失敗し、おとよが尋問を受けたら自分の罪が明るみに出てしまう。それを恐れた川村さまが下屋敷にて殺したのです。どこかに埋めるというのを不憫だからと、船で和泉橋の近くまで運んでもらいました。今は、実家の墓に入っています。その代わり、下手人を用意することにしました。幸い、元陸奥守さまの屋敷に奉公していた吉松という男がいましたので、この男に責任をなすりつけました」

「吉松を殺《や》ったのは？」

「湯島界隈を根城にしている遊び人です。吉松はかなりあくどいことをしてきた男で、陸奥守さまの奉公人からも恨まれていました。それでも、始末するのは心が痛みました」

大津屋はうなだれていた。

「わかりました。よく、お話しくださいました」

「矢内さま」

大津屋はすがるように、

「どうか、この『大津屋』を助けてください。私はどうなっても構わない。『大津屋』を息子に残してやりたいのです」

「息子さんがいらっしゃるのですか」

「はい。十八になります」

「わかりました。決して悪いようにはしません」

「ありがとうございます」

大津屋は深々と頭を下げた。

栄次郎はやりきれない思いで、『大津屋』をあとにした。

すべての元凶は能登守だ。藩政をないがしろにし、己の楽しみだけに没頭してきた行状が周囲の人間を狂わせた。

すべての責任は能登守にある。さらに言えば、このような能登守をかばい続けてきた家老の上月伊織の責任だ。

栄次郎は湯島切通しの坂を上がり、本郷に向かった。

事件の背景がはっきりしてきたが、忠四郎を襲った者と栄次郎を襲った饅頭笠の男のことが不明だった。

今回の事件とまったく関係ないことでの襲撃なのか。ふと、背後に殺気を感じた。

しかし、坂の上から職人ふうの男が下りて来て、殺気が消えた。

饅頭笠の男のような気がしたが、背後の暗がりにそのような影を見出すことは出来なかった。

屋敷に帰ると、兄が待っていた。

栄次郎は兄の部屋に行った。

「水島忠四郎どのに何かあったのか」

いきなり、兄がきいた。

「えっ、もう兄上のお耳に？」

栄次郎ははっとした。まさか、大目付の耳に入ったのかと思ったのだ。

「私の同輩が、水島忠四郎どのをつけたところ、呉服問屋の『後藤屋』に入ったまま出て来なかった。ただ、そこに筒井能登守の乗物が到着し、しばらくして出て行った」

「なぜ、水島忠四郎どののことを？」

「俺だ。俺が改めてきいたものだから、気になって調べていたらしい」

「そうでしたか」

大目付ではなかったことに安堵したものの、さてどう対処すればよいか、判断に迷った。野田家、筒井家の命運に関わるかもしれないのだ。

「兄上。そのご同輩が、忠四郎さんが幼少のみぎりにどこぞからもらわれてきたと調べたお方でしたね」

「そうだ」

「どのようなお方でしょうか」

「わしより十歳も年長で、立派なお方だ」

「そうですか」

栄次郎は困惑しながら、

「お話しいたします。どうぞ、このことは内聞にと」

と、頼んだ。

「心配ない」

「きのう、能登守さまは茶の湯に誘われ、野田陸奥守さまの屋敷に行くことになっていました。この機会に、はじめて兄と弟の対面を果たそうと、『後藤屋』を利用したのです」

「なるほど」

兄は頷いた。

「他に、何ごともなかったのだな」

「ありませぬ」

栄次郎はきっぱりと言う。

「忠四郎さんは、おそらく裏口から帰られたのだと思います」

「わかった。今の話で、同輩も納得してくれるだろう」

兄は何かあったのだと疑っているようだ。だが、それ以上は追及しようとしなかった。

「兄上。ありがとうございます」

「なに改まる？」

兄は笑った。

「それより、俺に何か出来ることはないか」

「だいじょうぶでございます」

「なら、よい」

兄はふと厳しい表情になり、

「明日の夜は、久し振りに『一よし』に行ってみる」

と、ぶすっと言った。

「もし、来れたら来い」

「はっ」

兄は珍しく『一よし』に栄次郎を誘った。

やはり、栄次郎が困難なことに直面していることを、兄は気づいているのだと思った。

「ありがとうございます。ですが、明日は行けないと思います」

「そうか。では、俺ひとりで行って来ることにしよう」

心とは裏腹に、兄は不機嫌そうな顔で言った。

栄次郎は兄の思いやりを胸に受けとめて、自分の部屋に戻った。

四

翌日、栄次郎は野田陸奥守の屋敷を訪れ、忠四郎を見舞った。

部屋まで、廊下がとてつもなく長く感じられた。やっと、寝ている部屋に入る。

医者が座を開けてくれた。

「失礼します」

栄次郎は忠四郎の枕元に進んだ。

「忠四郎さん、栄次郎です」

顔を覗き込む。

目を開けていた。栄次郎に気づいたが、まだ満足に言葉が喋れないようだった。口を開けると、涎《よだれ》が垂れた。

「早く、元気になってください」

栄次郎は励ます。

窶《やつ》れた顔に目だけがぎょろぎょろしている。

「お屋敷に帰れるようになるには、あと数日必要かと」

横合いから、医者が言う。

「まだ、頭の中が混濁しているようですが、次第に落ち着いてまいりましょう」

「そうですか」

「ただ……」

医者はさらに続けようとして口をつぐんだ。そして、立ち上がり、向こうへと目顔で言った。

栄次郎は忠四郎の顔を覗き込んでから立ち上がった。

隣りの部屋に移ってから、

「あのお方は生きようという気概に欠けています。そのことが回復を遅らせるかもしれません」

「生きようという気概ですか」

栄次郎は胸が痛んだ。

毒と知りつつ呑んだのは、死ぬつもりだったからだ。忠四郎はなぜ、死ぬ気になったのか。

影としての生き方に希望を見出せず、刹那的な生き方をしてきた。だが、ここにきて、影から解き放たれ、新しい生き方を模索していたのではなかったか。

「毒の症状から回復しても、とりついた死神がやっかいかと思います」

「わかりました」

栄次郎はまた忠四郎のところに戻った。

医者は厠へ行くのか、廊下に出て行った。

「忠四郎さん。あとの心配はいらない。もう、ほとんど片がつきました。だから、安心してください」

栄次郎は耳許で言う。

忠四郎は微かに頷いたような気がした。こっちの言葉が聞こえているのだろうか。

栄次郎はさらに続けた。

「ただ、忠四郎さんを襲った連中の黒幕がわからないんです。大津屋でもなかった。もしかしたら、この事件とは無関係なのかもしれません」

忠四郎が何かを訴えかけるように目を見開いた。唇が微かに動く。

「なんですか」

栄次郎は耳を口に近づける。

しかし、声にはならない。必死に何かを訴えようとしているようだ。

「忠四郎さん」

やがて、疲れたように、忠四郎の目が閉じた。胸が大きく揺れて、口を喘《あえ》がせている。忠四郎は何かを言いたかったのか。何を言いたかったのか。

医者が戻って来た。

「少し、興奮しているようです」

「私は引き上げたほうがよさそうですね」

栄次郎はあとのことを頼んで引き上げた。

栄次郎は屋敷を出てから京橋川を大川のほうに向かった。朝晩は涼しくなったが、日中は残暑が厳しい。

栄次郎は鉄砲洲稲荷の賑わいの中に入り、拝殿に向かった。

そこで、忠四郎の早い回復を願って手を合わせた。だが、医者の言葉が気になる。

「あのお方は生きようという気概に欠けています。そのことが回復を遅らせるかもしれません」

死神にとりつかれているようだと、医者は言った。

確かに、それは毒を承知して呑んだことでも明らかだ。だが、なぜ、死のうとしたのか。どうしてそんな気になったのか。

栄次郎ははっと気づいたことがあった。能登守との顔合わせだ。はじめて、忠四郎は『後藤屋』で能登守とふたりきりで会ったのだ。そこで、どんな話をしたのか。

そこで、忠四郎は死なねばならないほどの何を感じたのか。

栄次郎は拝殿の前から離れた。そのとき、鳥居の近くに、饅頭笠の侍を見た。剣を交えた相手だとわかった。

栄次郎はその者の傍に駆け寄った。饅頭笠の侍は逃げなかった。

「あなたは、この前のお方ですね」

栄次郎は確かめる。

「さよう」

「誰に頼まれて私を襲ったのか、教えていただきたい」

栄次郎は問いかける。

「そのようなことに答える必要はない」

相手は答える。

「では、あなたの名は？」

「早川重蔵《はやかわじゅうぞう》だ。強い男を求めて彷徨《さまよ》っている」

「殺し屋ですか」

「そうだ。だが、強い相手を探すために殺しを請け負っている。金が主ではない」

「…………」

「そなたとの立ち合いを所望する。明日の夜五つ（午後八時）、茅町《かやちょう》一丁目に寺がある。その裏手に来てもらおう」

「わかりました。お伺いします」

饅頭笠の侍は急に向きを変え、鳥居の外に去って行った。

栄次郎はそれから霊岸島《れいがんじま》を経て永代橋を渡った。

巳代治の芸者屋に着くと、巳代治が不安そうな顔で出て来た。

「栄次郎さま。あの方は？」

ほとんど泣きそうな目だ。

「今、忙しくて外に出られない。そう伝えてくれと頼まれました」

「嘘」

巳代治が叫んだ。

「どうして、嘘だと？」

「きのう、『後藤屋』の番頭さんが忠四郎さんの文を届けてくれました」

「文？」

「はい。その中に、おかしなことがいっぱい書いてありました。今までのことを感謝している。仕合わせに生きてもらいたい。巳代治のこと、忘れない。そんなようなことが記されていたんです。別れの文ではありませんか」

「…………」

「『後藤屋』さんにも行ってみました。でも、忠四郎さんのことは何もわかりませんでした。そこで、栄次郎さんの名を出したら、忠四郎さんといっしょだと。栄次郎さんも、忠四郎さんといっしょになって私を捨てるために……」

「巳代治さん、落ち着いてください」

栄次郎は口をはさんだ。

「手紙のことは知りませんでした。でも、忠四郎さんにはあなたしかいません。それはほんとうです。あなたのためを思い、別れようとしたのかもしれません」

「いやです。そんなの承知出来ません。嫌いになったのなら、面と向かって言って欲しいんです。お願い、忠四郎さんに会わせてください」

「それは……」

毒を呑んで死のうとしたとは言えない。

「わかりました。巳代治さんのことは伝えておきます」

「お願いします。忠四郎さんのことを思うと胸が痛くなるんです。きっと、お願い」

何度も懇願され、栄次郎は逃げるように引き上げた。

八幡橋に向かいかけたときに、背後から呼ぶ声が聞こえた。

振り返ると、銀次が走って来た。

「矢内さん。探しましたぜ。きのうは、浅草黒船町まで行ったんですぜ」

お秋の家に行ったらしい。

「そうですか。それはすみませんでした」

栄次郎は謝ってから、

「何か、わかったのですか」

と、期待をした。

「ええ。安吉が頼まれたという冨五郎を見つけました」

「見つかりましたか」

「ええ。渋江藩筒井家の中間《ちゅうげん》です」

「筒井家？」

「ええ。冨五郎が安吉に接触するのを待ち伏せし、あとをつけたんです。そしたら、筒井家に入って行きました」

「そうですか」

栄次郎の脳裏を、留守居役の川村伊右衛門の顔が掠めた。大津屋は忠四郎を襲うことは必要ないと考えていたが、留守居役の川村には忠四郎をやらねばならない理由があったのだろうか。

「で、冨五郎は安吉に今度は何をさせようと？」

「それが、もう襲撃はいいと。水島忠四郎を襲うのは中止だと言ってきたんです」

「そうですか」

栄次郎は、伊右衛門の考えがわからなかった。

「銀次さん。助かりました。ありがとうございます」

「とんでもない。お役に立てたなら、あっしも本望でさ」

「ええ、大いに」

栄次郎が言うと、危険そうな銀次の顔がはにかんで子どものようになった。

「改めて、忠四郎さんといっしょに銀次さんにお礼にあがります」

そう言い、栄次郎は銀次と別れ、永代橋を渡った。

忠四郎を殺すよう安吉に命じた冨五郎が筒井家の中間だったことが、栄次郎の脳裏から離れなかった。

冨五郎に命じたのを留守居役の川村伊右衛門だと考えたが、なぜ伊右衛門が忠四郎を始末しなければならなかったのか。

反能登守派の急先鋒であろう伊右衛門であっても、陸奥守や大津屋と考えはいっしょのはずだ。

能登守の排斥後に、双子の弟が名乗り出ても無視出来ると踏んでいた。忠四郎の存在は怖いものではなかったはずだ。

だとしたら、冨五郎に命じたのは伊右衛門ではないかもしれない。筒井家で、忠四郎の存在を重荷ととらえる人間がいるとしたら誰か……。

（能登守……）

まさかと思った。

能登守は三年前から藩政に身が入らなくなったという。それは、双子の弟の存在を知ったからではないのか。

十万石の大名家の当主である兄と、自分の影として生きてきた弟。その弟忠四郎の存在が能登守を苦しめたのではないか。

その現実から逃げるために、能登守は能や芝居、茶の湯などの芸事に熱中し、藩政を疎《おろそ》かにするようになった。

しかし、能登守は直《じか》に命令をするはずはない。その意向を受けて動いたのは家老の上月伊織だ。

栄次郎は、筒井家の上屋敷に向かった。

五

筒井家の上屋敷内にある家老屋敷の客間で、栄次郎は長い時間待っていた。

若侍が茶菓を置いて下がってから半時（一時間）近く経った。ふと、鈴虫の鳴き声が聞こえた。

その鳴き声に耳を澄ませながら、栄次郎は自分の想像がほぼ当たっていると思い、興奮していた。

これで、すべてがはっきりするはずだ。栄次郎は上月伊織が現れるのを待ちわびた。

襖が開いて、さっきの若侍が顔を出した。

「申し訳ございません。まだ御殿よりお帰りではありません。もう少々お待ちくださるようお願い申し上げます」

「わかりました」

栄次郎は答えた。

わざと待たせているのではなく、伊織は能登守との話し合いが長引いているような気がしていた。

栄次郎は姿勢を崩さずに部屋の真ん中で伊織がやって来るのを待った。そして、待つ間にも、忠四郎に思いが向かった。

忠四郎はなぜ、死のうとしたのか。いや、いつ死を決意したのか。

『後藤屋』で、双子の兄である能登守と会ったあとだ。忠四郎は兄に会い、何を感じたのか。

影としての生き方を強いられた弟より、弟を犠牲にしてひとの上に立ってきたことに負い目を感じて苦悩する兄を見て、忠四郎は激しい衝撃を受けたのではないか。

そのとき、自分を殺そうとした黒幕が能登守であることに気づいたのではないか。自分がいる限り、兄に安穏はない。忠四郎はそう思ったのだ。

自分が死ぬことで、兄の気持ちを楽にさせてやろう。それが、毒を承知で呑み干した理由だ。

そこまで考えたとき、襖が開き、上月伊織が入って来た。

足早にやって来て向かいに座るなり、

「お待たせいたした」

と、伊織は厳しい顔で言った。

「昼間、忠四郎さまを見舞ってきました。まだ、言葉を話せず、何か言おうとすると、口から涎を垂らしていました」

「忠四郎どのは毒を承知しながら全部呑んだということだな」

伊織は呟くように言う。

「そうです。忠四郎さまは能登守さまの負担を軽くしてあげようと、自ら死を選んだのです」

「…………」

「上月さま」

栄次郎は身を乗り出した。

「忠四郎さまは、ならず者の喧嘩に巻き込まれ、二度ほど襲われました。しかし、それは隠れ蓑であり、実際は能登守さまの双子の弟の抹殺が目的だったのです。ならず者の陰で糸を引いていたのが、ご当家の中間で冨五郎という男」

伊織は眉根を寄せた。

「しかしながら、真の黒幕は能登守さま」

「違う」

伊織が大きな声で否定した。

「わしだ。わしが勝手にやったこと」

「上月さまが？」

能登守をかばうのかと疑った。

「三年前、殿は双子の弟の存在を知った。知らせたのは、留守居役の川村伊右衛門だ。殿はわしに、その事実を確かめた」

伊織は大きく息を吐いて続ける。

「わしは殿が双子で生れたことを話した。双子は御家に不幸をなすということで秘かに始末されそうになった。が、わしは生かして殿の影にすべきだと進言して受け入れられたことを話した。そのとき、殿はこう仰った。わしに万が一のことがあったら、弟がわしと入れ代わって能登守となるのかと。そうだと、お答えした。それからだ。殿の様子がおかしくなったのは」

伊織はやりきれないように首を横に振り、

「藩政をないがしろにし、道楽に没頭した。箝口令《かんこうれい》を敷き、表立ってはいないが、女中にも手をつけ、身籠もった女に堕胎をさせ……。よそう、このような話は」

「それはまことのことで」

「残念ながら、まことだ」

栄次郎は戦慄が走った。陸奥守はこのことを言わなかった。おぞましいので、そこまで口にしたくなかったのであろうか。

「明らかに、双子の弟のことから変わってしまわれた。殿を押し込めにし、新しい藩主を立てようとする動きが出るのは無理もなかった。わしは、何度も殿をお諫めした。しかし、殿は聞く耳を持たなかった。忠四郎どののことが深く心に突き刺さっていることを知った」

伊織は息継ぎをし、

「わしは殿を立ち直らせるためには、忠四郎どのを抹殺せねばならぬと思った。殿の影を消す。これが、影を作ったわしの役目であると思った。だが、殺害の真相はまったく別のものでなくてはならぬ。それで、中間の冨五郎にそれを命じた。だが、その前に、殿を暗殺する動きが出た。我が家中の殿を排しようとする連中と野田陸奥守さまが結託したことに気づいた」

一拍間《ま》を置き、伊織は続ける。

「茶の湯の誘いは罠だと気づいた。だが、お断りは出来ぬ。そこで、はじめて影の使い道が出来た。それで、忠四郎どのを襲うことをやめさせた。だが、まさか、忠四郎どのは自ら死を選ぶとは……」

「忠四郎さまは、影である生き方に鬱々とした日々を過ごしてこられました。魂の脱け殻の日々を送ってきたのです。ですが、能登守さまに会い、能登守さまも同じような苦悩を味わっていることを知り、改めて影を消さなければならないと思ったのです」

「うむ」

「忠四郎さまは影である自分を殺し、そして、自分が死ぬことで能登守さまを生かそうとしたのではないでしょうか」

「そうかもしれぬ」

伊織は目を閉じて頷いた。

「で、能登守さまはいかがですか。忠四郎さんが死を選んだことで、心を入れ換えて藩政に立ち向かわれましょうか」

「この三年間、我が殿も魂の脱け殻状態であった。だが、忠四郎どのが自分の身代わりになったことはいたく殿の心を揺さぶった」

「では、もう能登守さまには……」

「ここに来るまで、殿とじっくり話し合ってきた。もはや、これまでのようなことは断じてない。忠四郎どのを、改めて弟として屋敷に招きたいと仰っておいでだ」

「そうですか。そこまで思っていただけましたか」

栄次郎は忠四郎のために喜んだ。

「殿は今回の騒動の責任はすべて自分にあると仰った。暗殺未遂の件も責任を問わないということだ」

「そうですか。ただ、今回、ひとが死んでおります。おとよという女中を殺したのは留守居役の川村さま」

「うむ」

「この件の仕置きはしなくてはなりません」

「栄次郎どの。最前、川村伊右衛門は腹を切りました」

「なんですって」

「殿をお諫めする遺書を残して。殿は亡骸の前で泣いておられました」

「そうでしたか。川村さまが……」

「伊右衛門の遺書には、おとよ殺しの件も触れてあった。だが、殿と相談し、川村伊右衛門の死は諫死であることにした。川村家は子息が継いで存続する」

伊織はさらに、

「呉服問屋の『大津屋』も主人が隠居をし、伜があとを継ぐことになったそうだ。そういう形で責任をとったようだ」

「ご家中に禍根が残らぬ形で落ち着いたこと、安堵いたしました」

「これも、栄次郎どののおかげでござる」

「いえ。私より、忠四郎さまのお働き」

「最後に、栄次郎どのにお詫びをせねばならぬことがある」

「刺客のことですね」

「知っていたか。さよう、諸国を武者修業中の早川重蔵と申す者。三度目はこの者に忠四郎どのを襲わせるつもりであった」

「では、私には？」

「うむ、どういうことだ？」

「いえ、なんでも。では、早川重蔵には忠四郎どのの襲撃の中止を伝えてあるのですね」

「伝えてある。すでにまた旅に出たやもしれぬ」

早川重蔵から果たし合いの申入れがあったことは口にしなかった。

栄次郎は屋敷を辞去した。

翌日の夜五つ（午後八時）、栄次郎は茅町一丁目に向かった。暗い中に、寺が見え、常夜灯の明かりが輝いていた。

栄次郎は本堂の前に立ち、手を合わせる。

振り向くと、鳥居の前に饅頭笠の侍が立っていた。栄次郎が近付くと、侍は踵を返し、そして寺の横にまわった。

栄次郎はついて行く。不忍池の汀《みぎわ》で立ち止まって、振り返った。池の周囲にある料理屋や待合茶屋の明かりが水面に映っている。

「早川重蔵どのか」

栄次郎は声をかけた。

「さよう」

「あなたは、私を斃すようには言われていなかったと聞きましたが」

「先日、洲崎弁天社で浪人たちを一蹴した腕前に惚れ、ぜひ立ち合いたいと思ったまで」

「私は刺客だと思って相手にしようとしたのであって、今のような事情での立ち合いはご辞退します」

「今さら、ずるい」

重蔵は叫ぶ。

「ずるいのはどちらか。失礼いたします」

栄次郎が立ち去ろうと背中を向けた瞬間、相手は抜き打ちに斬りかかって来た。栄次郎は振り向きざまに抜刀し、相手の剣を弾いた。なおも、相手は斬り込んで来た。栄次郎は同じように弾く。

打ち込んで来るたびに、栄次郎は相手の剣を弾いた。

「まっとうに相手になれ」

業を煮やして、重蔵は怒鳴った。

「相手にならぬと言ったはず」

「おのれ」

またも相手は上段から斬りかかって来た。その剣を弾く。

いきなり、相手が刀を引いた。

「やめた。これでは張り合いがない」

重蔵は忌ま忌ましげに言う。

「では、私は行きます」

栄次郎はさっさと引き上げた。いつまでも、強い視線が背中に当たっていた。


秋風が心にしみ入るように吹いている。

「なぜ、筒井家に入らなかったのですか」

栄次郎はすっかり体の癒えた忠四郎にきいた。ただ、まだ窶《やつ》れが目立つ。

「同じ顔の人間がいたんじゃ、ご家来衆も混乱するだろう」

忠四郎は笑った。

能登守の誘いを断り、忠四郎は水島家に残ることになった。

「部屋住は苦労する」

栄次郎はあえて言う。

「構わん。俺には巳代治がついている」

「それでは、以前と暮らしはなんら変わらぬではないですか」

栄次郎はあえて意地悪く言う。

「いや。俺は影から解放されたのだ。それだけでも、雲泥《うんでい》の差だ。俺は生れてはじめて自由になれたんだ」

「そうですか。それはよかった」

「さあ、支度が出来ましたよ」

巳代治が呼んだ。

「こっちに持って来てくれぬか」

忠四郎が言う。

ふたりは巳代治の家の内庭に面した濡縁《ぬれぶち》に腰を下ろしていた。

「ここで、呑むんですか」

巳代治が呆れ返ったように言う。

「なかなか乙《おつ》なものだ」

忠四郎は言い返す。

「栄次郎さんもいいんですか」

「ええ、ここで庭の草木を見ながらいただきます」

「そうですか。じゃあ、私も」

酒を濡縁に運んで、昼間から酒盛りがはじまった。

巳代治がその場から離れたとき、栄次郎はたまっていたものを吐き出すように言った。

「それにしても、あなたは無茶をした」

「あのことか。しかし、あのときの俺にはあれしか手はなかったんだ」

「ひと言《こと》相談してくれたら」

「相談したって反対されるだけだ。そうそう、あのとき、そなたが俺にたくさん水を吞ませて毒を吐き出させてくれたそうだな。医者が言っていた。あれがなかったら、だめだったろうと」

忠四郎はしみじみとなって、

「礼を言う。今はほんとうに生きていてよかったと思う」

「そうです。生きていれば、きっといいことがあります」

「あら、何の話？」

巳代治がやって来た。

「こっちのことだ」

「忠四郎さんは巳代治さんといっしょにいて仕合わせだと言っていたんです」

「そういえば、そなたは女はどうなんだ？　誰か、いないのか」

「いませんよ」

「まあ、ほんとうですか。栄次郎さんなら女が放っておかないわ」

「おいおい、俺は放っておかれるのか」

「そうじゃなくて……」

ふたりの話を聞きながら、栄次郎はなんだか楽しくなってきて、三味線を弾きたくなった。

「巳代治さん、三味線をお借り出来ますか」

栄次郎は弾んだ声を出していた。

時代小説

二見時代小説文庫

空蝉《うつせみ》の刻《とき》　栄次郎《えいじろう》江戸《えど》暦《ごよみ》14

著者　小杉健治《こすぎけんじ》

発行所　株式会社　二見書房
東京都千代田区三崎町二－一八－一一
電話　〇三－三五一五－二三一一［営業］
〇三－三五一五－二三一三［編集］
振替　〇〇一七〇－四－二六三九

印刷　株式会社　堀内印刷所
製本　ナショナル製本協同組合

落丁・乱丁本はお取り替えいたします。
定価は、カバーに表示してあります。

 ISBN978－4－576－15128－1
http://www.futami.co.jp/

二見時代小説文庫

小杉 健治
栄次郎江戸暦1～14

浅黄 斑
無茶の勘兵衛日月録1～17
八丁堀・地蔵橋留書1～2

麻倉 一矢
かぶき平八郎荒事始1～2
上様は用心棒1～2
剣客大名 柳生俊平1

井川 香四郎
とっくり官兵衛酔夢剣1～3
蔦屋でござる1

大久保 智弘
御庭番宰領1～7

沖田 正午
将棋士お香 事件帖1～3
陰聞き屋 十兵衛1～5
殿さま商売人1～4

風野 真知雄
大江戸定年組1～7

喜安 幸夫
はぐれ同心 闇裁き1～12
見倒屋鬼助 事件控1～4

倉阪 鬼一郎
小料理のどか屋 人情帖1～14

佐々木 裕一
公家武者 松平信平1～11

高城 実枝子
浮世小路 父娘捕物帖1

幡 大介
天下御免の信十郎1～9
大江戸三男事件帖1～5

早見 俊
目安番こって牛征史郎1～5
居眠り同心 影御用1～17

花家 圭太郎
口入れ屋 人道楽帖1～3

聖 龍人
夜逃げ若殿 捕物噺1～14

氷月 葵
公事宿 裏始末1～5
婿殿は山同心1～2

藤 水名子
女剣士 美涼1～2
与力・仏の重蔵1～5
旗本三兄弟 事件帖1

牧 秀彦
毘沙侍 降魔剣1～4
八丁堀 裏十手1～8
孤高の剣聖 林崎重信1

森 真沙子
日本橋物語1～10
箱館奉行所始末1～4

森 詠
忘れ草秘剣帖1～4
剣客相談人1～14